가족의 탄생

Contents

Prologue

1장. 나는 어떻게 여덟 남매의 엄마가 되었나

2장. 동물과 함께하는 마음

3장. 냐용춉춉갸르릉하악

4장. 여덟 남매 병원 일지

5장. 여섯 남매 인터뷰

Epilogue

태양

자기 얘기 하는 입방아를 세상에서 가장 싫어한다.
늠름한 자존감, 두툼한 앞발로 맹수를 떠올리게 하는
아이. 수틀리면 엄마 아빠의 얼굴에 오줌을 갈기고
거실 한복판에 똥을 싸는 테러리스트.

놀

고양이에게도 정의감과 배려심이 있다는 증거가
바로 놀이다. 늘 정의롭고 이타적인 분위기 메이커.
아빠 입으로 들어가는 소시지를 낚아채 팽개치는 것이
최고의 개인기.

단풍

태풍 '갈매기'가 서울을 강타했을 때 동네에서 구조했다.
형제들 중 유일하게 방충망을 사이에 두고 길고양이들과
맞짱을 뜨는 아이. 가장 먼저 무지개다리를 건넜다.
그나마 다행일까? 생모와 상봉한 뒤의 일이다.

밍키

집사 부부 늘그막에 얻은 막둥이. 증조부뻘 되는
형제들 사이에서도 야무지게 노는 똥꼬 발랄 청춘.
자유방임형으로 자라 초롬의 뺨을 때리고 태양의
수염을 뽑는 등 안하무인 막내.

은선

말은 많아도 탈은 없는 이 가족 서사의 중심이자
시작이다. 가족의 반대를 무릅쓰고 여덟 냥이를 품에
안은 강인하고 씩씩한 집사. 사료를 쓰레기통에 처박고
직접 닭의 배를 갈라 아이들의 생식을 준비하는 엄마.

성남 모란시장에서 구출됐다. 생모의 젖이 그리워 자기 앞발을 빠는 아이, 거울 속 자신을 즐겨 보던 공주, 낚싯대에 걸린 미끼가 아니라 낚싯대를 잡은 엄마의 얼굴을 빤히 보는 아이. 지난 겨울 식구들 곁을 떠났다.

밤비

베란다에서 알짱대는 새를 낚아채 목을 꺾을 정도로 터프하다. 머리부터 꼬리 끝까지 풍성한 털을 곧추 세우면 누구든 수그리는 존재. 태양에게 연정을 품은 아이. 밤비를 등에 업고 집안을 호령했다.

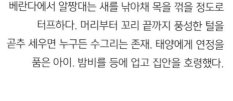

샤샤

단풍과 비슷한 시기에 집 현관 앞에서 발견됐다. 이사만 하면 방광염을 앓을 정도로 예민하고 소심한 아이. 하지만 자기주장이 가장 강해 관철할 때까지 의지를 굽히지 않는 소신파.

초달

입양 전 친오빠 냥의 죽음에 충격을 받아 혼자만의 공간으로 숨어든 아이. 예측불허의 담대함과 새초롬 사이를 넘나들지만 엄마와 아빠에게 늘 변치 않는 신뢰를 보여준다.

초롬

은선이 초롬을 집에 들이려 하자 남편직을 걸고 반대했지만 불과 반나절 만에 사랑스러운 존재에게 마음을 빼앗긴 아빠. 밤비를 위해 날마다 인형을 사 오고, 놀게에 기꺼이 소시지를 뺏기는 냥이 바라기.

희철

고양이와 춤추며 지나가리라

지난해 12월, 열다섯 해를 함께한 밤비를 떠나보냈다. 말할 수 없이 괴로웠다. '널 사랑하지 않았더라면 좋았을걸…' 하는 생각까지 들었다. 하지만 사랑은 선택할 수 있는 게 아니다. 돌이켜도 우리는 사랑할 수밖에 없었을 것이다.

밤비를 잃은 슬픔에 빠져 허우적대고 있을 때, 책을 내자는 제안을 받았다. 나는 고양이 이야기를 책으로 낼 생각을 한 적이 없다. 인터넷 카페에서 고양이 질병이나 영양, 생식 관련 정보를 나누기는 했어도 고양이와 함께 사는 이야기를 깊게 나눠 본적은 없다. 그런데 고양이 여덟 남매와 함께 사는 이야기를 책으로 쓰자는 제안을 받은 것이다. 나는 몇 번이고 거절했지만 그럴수록 써야 한다고 했다.

고양이와 그냥저냥 사는 이야기가 무슨 의미가 있을까? 시중에 넘쳐나는 것이 고양이 콘텐츠고, SNS에선 고양이 사진이 대세다. 여기에 책 한 권 더 얹는 일에 회의가 들었다. 그러나 결과적으로 쓰길 잘했다고 생각한다. 책을 쓰면서 밤비를 잃은 슬픔을 조금은 달랠 수 있었으니까.

나는 너무 슬픈 나머지 모든 것을 망각하고 싶었다. 잠 속으로 도망 다녔다. 때로는 영원히 잠들기를 바랐다. 그러다 깨어나면 멍한 상태로 있었다. 꿈에서 밤비의 꼬리라도 한 번 보기를 소망했다. 울면서 잠들거나 일어나면서 울었다. 내 감정은 그렇게 하루에도 몇 번씩 오락가락했다. 밤비 외에 다른 고양이들이 잊혀져 갔다. 나는 마치 기억상실에 걸린 것 같았다.

그런데 이 책을 쓰면서 그나마 어둠 속에서 조금씩 헤어나기 시작했다. 기억에서 잊혀져 가던 내 아이들의 역사를 하나씩 더듬어 복기하기 시작했다. '아, 이런 일이 있었지!'하고 감탄하게 되는 일들을 다시 떠올렸다. 점점 안개가 걷히고 손에 잡힐 듯 내 아이들과 함께한 삶의 온전한 모습이 드러나는 듯했다. 그럴 때면 한껏 고양된 목소리로 아이들의 이름을 부르며 와락 껴안았다. 망각으로 빠지기 전에 우리의 기쁨과 쾌락에 대해 쓸 수 있어 다행이었다. 이 책은 그렇게 탄생했다.

처음에는 이 책을 고양이들의 자서전처럼 쓰고 싶었다. 초롬의 입장에서, 샤샤의 입장에서, 태양의 입장에서 그리고 밤비, 놀, 초달, 단풍, 밍키의 입장에서 이 작은 공동체의 삶을 쓰고 싶었다. 그런데 책을 거의 다 쓸 무렵 한 가지를 빼먹었다는 사실을 깨달았다. 이 책엔 내 인생이 없었다. 고양이들이 내게 무엇을 주었는지, 삶의 고비마다 내게 어떻게 위로가 되었는지 상세히 쓰지 못했다.

1990년대 중반, 나는 지방에서 서울로 유학을 왔고 그 누구도 이렇게 일찍 결혼하리라 예상치 않은 나이에 결혼을 하며 세기말과 뉴 밀레니엄을 맞았다. 결혼 전에 친구들 따라 수유리 점쟁이 할머니를 찾아간 적이 있다. 할머니는 내게 '고독 수'가 있다고 했다. 그것 때문에 불행하거나 힘든 건 아니고 그저 타고난 것 중 하나라고. 나도 그럴 것이라 생각했다. 나는 타인의 이해나 인정을 바라지 않는 척 했지만 누구보다 그것을 원했다. 인정을 쟁취하고, 타인에 대한 지배력을 과시하려는 욕망이 강했지만 어릴 때부터 억눌렀다. 그 욕망은 사람을 졸렬하게 만들기 때문이었다. 지배나 인정을 바라는 만큼 타인의 시선에 스스로가 구속돼 자유를 잃는 결과를 가져왔다.

그 대신 나는 자유와 사랑을 원했다. 이런 유형의 사람은 대체로 고독하기 쉽다. 자유를 위해서 고립을 두려워하지 않기 때문이다. 아니 적어도 그렇게 살아야 한다고 믿었다. 그리고 이런 내 모습을 사랑해줄 동반자를 원했다. 다행히 꽤 성공한 듯싶다. 그런데 살다 보니 자유와 사랑은 인정 욕망만큼이나 투쟁의 연속이라는 것을 알게 되었다.

사랑은 상대를 온전히 내 것으로 만들려고 질투를 부린다. 상대의 인내를 시험하기 위해 패악질을 부리고 싶은 충동을 느낀다. 그리고 한없는 기다림 속에서 상대가 쓰러질 때쯤에야 나를 허락한다. 이런 점에서 밤비는 나와 꼭 닮았다. 나는 밤비가 자행하던 온갖 종류의 패악질, 그중에서도 아빠에게 패악질을 하던 기분을 너무 잘 이해한다. 내가 밤비고, 밤비가 곧 나이기 때문이다.

밤비의 패악질은 사랑에 한계가 없다는 것을 확인하기 위한 행위이다. '이런 짓을 해도 나를 사랑할 거야?'라고 묻는다. 밤비는 사랑의 속성을 잘 이해하고 있었다. 나는 이따금 내가 무슨 죄를 지어서 고양이를 사랑하게 되었는지 묻곤 한다. 내가 침대에 편히 눕는 걸 허락하지 않는 밤비, 내 몸 위로 점프해 깜짝 놀라게 하는 태양 등등, 고독할 새가 없다. 점쟁이 할머니, 당신은 틀렸다!

나는 먹고살기 위해 여러 직업을 전전했다. 거의 매일 밤새워 문서나 그래픽과 씨름하고, 끊임없이 사람들과 연락하고 뛰어다녀야 하는 직장에 다녔다. 일에 지칠 때면 고양이를 생각하며 버텼다. 내 아이들의 포근한 털을 만지며 단 10분만이라도 눈을 감으면 좋겠다는 생각을 하루에 열두 번도 더 했다. 그랬기에 그 모든 것을 견뎠다.

18세기 영국시인 크리스토퍼 스마트(Christopher Smart)는 다음과 같은 말을 남겼다. "모든 집은 고양이가 없다면 불완전한 것이다. 그것은 영적인 것이 빠진 축복과 같다." 전직으로 동의한다. 퇴근해서 문을 열고 집으로 들어설 때 그루밍을 하든, 하품을 하든, 고양이는 나의 힘든 노동과 하루를 완벽하게 보상한다. 고양이가 없었다면 내 삶은 완벽하지 못했을 것이다.

어떤 이들은 고양이에 대한 사랑을 허상이라고, 혹은 (사람) 아기 대신이라고 말한다. 고백하자면, 나는 한때 아이를 갖기 위해 남편을 대상으로 투쟁했다. 남편은 결혼 전부터 아이를 갖고 싶어 하지 않았다. 나는 남편과 떨어져 캐나다로 날아갔다. 그곳에서 초롬이를 만났고 결국 6개월 후 초롬이를 데리고 돌아왔다. 아이를 갖기 위한 첫 투쟁은 그렇게 실패했다.

그후 여덟 고양이와 함께하면서 단풍이를 먼저 보낸 후, 다시 한번 아기를 갖기 위해 투쟁한 적이 있다. 나보다 더 오래 사는 아이를 보고 싶었기 때문이다. 결국 실패로 돌아갔지만 그때도 곁에서 나를 위로한 것은 고양이들이었다.

완벽한 삶이란 무엇일까. 나는 지금 외진 바닷가 마을에서 여전히 고양이들과 살고 있다. 이곳에서 공장에 다니거나 야간에 호텔의 프런트 업무를 보는 등 그때그때 필요에 따라 일을 한다. 롤링스톤스의 노래 'You Can't Always Get What You Want'(항상 원하는 것을 다 가질 수는 없어)는 늘 나를 공감하게 한다. 나는 완벽을 '내가 온전히 나로 있을 수 있는 상태'로 새롭게 정의했다. 내 존재로 꽉 찬 느낌, 그 풍성한 만족감의 상태가 온전히 나로 있는 상태라고 믿는다. 그리고 그 완벽의 필요충분조건은 고양이다.

나는 아무 연고도 없는 바닷가 마을에 살면서 시를 쓰기 시작했다. 일을 마친 뒤 운동을 하고 고양이를 돌보고 저녁을 먹고, 밤에는 시를 쓰다가 잔다. 만나는 사람도 없다. 혼란과 불안 그리고 기대로 복잡한 이 세상에 참여해야 할 일이 있는 것도 아니다. 참으로 단순한 삶이다. 아직은 지금이 좋다. 바라는 것이 있다면 아이들이 건강하고, 나처럼 이 아이들 역시 자기 존재 그 자체로 행복했으면 한다. 밤비가 떠난 후 남편이 밤비에게 쓴 편지를 우연히 보게 되었다.

"높은 곳에서 뛰어내린 사람은 땅에 닿기 전에 기절한다. 이렇게 되면 떨어져 죽는다는 사실을 인지하지 못한다. 뇌는 보호 본능이 강해 극한의 위기에서 망각이라는 수단을 이용한다. 그러나 나는 망각으로 도망가지 않을 것이다. 너를 보내는 것보다 잊는 것이 내겐 더 지옥이기 때문이다. 나는 너를 기억해야만 한다. 언제나 내 심장에서 살아 숨쉬게 할 것이다."

이 책은 내 고양이들을 하나씩 떠나보내고 마침내 사랑했던 모든 것을 다 떠나보내더라도, 내 심장에서 그들이 살아가도록 하기 위해 썼다. 사랑하지 않는 것보다 더한 지옥은 없을 것이다. 삶이 환영으로 가득 차 있더라도 나는 사랑을 멈추지 않을 것이다. 아니, 삶이 환영으로 가득 차 있다면 내 환영으로 세상을 채우리라. 앞으로도 온갖 문제와 고민의 파고가 닥쳐오겠지만, 고양이와 함께라면 그 또한 춤추며 지나가리라.

1

장

나는 어떻게 여덟 남매의 엄마가 되었나

솜털의 무게,
밤비야 안녕

얼마 전까지만 해도 나는 일곱 고양이와 함께 살고 있었다.
그러나 이제 여섯이 남아 있다. 2019년 12월, 사랑하는 나의
삼색 고양이 '밤비'를 떠나보냈다. 밤비는 14년 8개월을 살
았다. 내 아이들 중 나이로는 네 번째였지만, 죽음은 순서대
로 오지 않았다.

그날, 나는 퇴근하자마자 밤비와 함께 동물병원으로 달려갔
다. 남편에게서 밤비가 침을 흘리고 축 처져 있는 게 이상하
다는 얘기를 듣고서 부리나케 차로 20여 분 거리에 있는 병
원을 찾았다. 정말 갑작스러운 일이었다. 전날까지 밤비는
별다른 이상 징후를 보이지 않았기 때문이다.

밤비는 공주였다. 나와 남편만 그렇게 생각한 것은 아니다.
밤비는 스스로를 퀸으로 여겼고 다른 고양이들도 밤비를 퀸
으로 대했다. 젖먹이 시절 성남 모란시장 오일장에서 기적
적으로 구출되어 나에게 온 아이, 어미젖을 먹지 못해 자기

팔뚝을 빠는 버릇을 가졌던 아이, 그 버릇 때문에 팔뚝의 한 곳이 젖꼭지처럼 변형되었던 아이, 모방을 통한 학습 능력이 뛰어났던 아이, 다채로운 소리를 내어 의사를 분명하게 전달하던 아이, 거울을 통해 자기 모습을 즐겨 보던 아이, 언제나 향긋한 몸내를 풍기던 아이, 산책을 좋아했고 산책이 가능했던 아이, 우는 나를 몸으로 부비며 달래주던 아이, 힘이 아니라 기운과 심리로 상대를 제압하던 아이, 그 무엇으로도 형언할 수 없는 부드러움과 솜털에 비견되는 가벼움을 지닌 아이. 너무나 사랑스러워 신의 질투 때문에 병치레가 잦은 것이라고, 나와 남편은 늘 전전긍긍했다. 우리에게 밤비는 그 무엇과도 바꿀 수 없는, 세상에 둘도 없는 완벽한 천상의 피조물이었다.

내 심장과도 같던 그 아이는 그날, 급격한 저체온증으로 의식을 잃어가고 있었다. 평소 분홍빛을 자랑하던 밤비의 코끝은 하얗게 변해갔다. 귓속과 잇몸에서 핏기가 사라지기 시작했다. 병원에서 찍은 밤비의 폐 사진에선 정체불명의 슬러지가 보였다. 의사는 폐수종으로 보인다고 말했다. 체온이 떨어지고 있었지만 정확한 진단을 내릴 수 없었다. 수의사는 서둘러 서울에 있는, 전문 의료진과 고성능 진단 설비와 치료 시설을 갖춘 2차병원으로 가는 게 좋겠다고 했다. 서울까지 2시간 30여 분을 견디기 위해 밤비는 스테로이드 주사를 맞고 급작스러운 호흡곤란에 대비해 경구 흡입용 약을 받았다.

고속도로에는 겨울비가 흩뿌리고 있었다. 나는 밤비의 그르렁그르렁하는 소리를 듣고 있었다. 밤비는 스테로이드 주사를 맞은 후 컨디션을 조금 되찾은 듯 보였다. 그때까지만 해도 나와 남편은 낙관적이었다. 서울에 가면 폐수종을 일으킨 원인을 찾아 금세 건강을 되찾을 수 있으리라 믿었다. 차라리 그날 밤비가 차 안에서 컨디션을 되찾았을 때 그냥 집으로 돌아오는 게 낫지 않았을까? 소용없는 생각인 줄 알지만 지금까지 이 생각을 하곤 한다. 아마 죽을 때까지 계속할 것이다. 그 무엇도 이 생각을 멈출 수 없다. 집으로 돌아와 이내 의식을 잃었을 것이 명백했을지라도 말이다.

서울에 있는 병원에 도착한 밤비는 다시 체온이 떨어지기 시작했다. 검사를 받기 위해 몸에서 피를 뽑는 동안 밤비는 격한 스트레스를 받았다. 결국 의식을 잃었고 긴급 심폐소생술로 겨우 의식이 돌아오길 두 차례 반복했다. 밤비의 진단명은 고양이 심근비대증(HCM). 검사 키트는 정확히 양성을 주장하고 있었다. 나는 그 키트의 신뢰도에 의문을 표했지만 불행하게도 의사는 단호했다. 심근비대증은 고칠 수 있는 병이 아니다. 그럼에도 나와 남편은 밤비가 죽는다는 생각을 손톱만큼도 하지 않고 있었다. 밤비를 어떻게 보살펴야 할지만 이야기했다. 이미 5년 전에 HCM 1기로 진단받은, 밤비보다 두 살 더 많은 샤샤가 건재했기에 더 그랬는지도 모른다. 하지만 결국 밤비는 다음 날 새벽에 영원히 의식을 잃고 말았다.

장례는 집 근처에 있는 반려동물화장터에서 치렀다. 우선은 밤비를 안아 들고 집으로 돌아왔다. 집에 남은 여섯 고양이에게 밤비의 시신을 보여주는 '의식'이 필요했기 때문이다. 앞으로 다른 고양이들이 느낄 밤비의 부재는 도저히 말로는 선달할 수 없는 것이니까. 병원에서 데려온 밤비는 살아 있을 때처럼 예쁜 모습 그대로였다. 너무 고와서 죽음을 현실로 받아들이기 어려웠다. 밤뱌, 빰삐, 바밤비, 밤비노, 밤비 공주, 밤아. 아무리 불러도 에옹거리며 눈 맞춰주는 밤비가 없다니.

화장 전에 밤비에게서 털을 한 움큼 얻었다. 품위 없는 짓이고 평소의 밤비라면 절대 용서하지 않을 일이지만, 가위로 밤비를 상징하는 삼색 털을 잘라냈다. 나는 본능적으로 그 털, 보드랍고 가벼운 솜털과 같은 밤비의 털이 없다면 견딜 수 없다는 것을, 밤비 없는 냉혹한 현실에 무참히 내동댕이 쳐질 것이라는 걸 알고 있었는지도 모른다. 털은 도움이 되었다. 밤비가 없는 지금, 밤비를 대체할 수 있는 유일한 것은, 만질 수 있는 감촉을 지닌 그 털이다. 죽음은 단순히 부재를 통해 인식하는 게 아니다.

죽음은 만질 수 있는 것에서 영원히 만질 수 없는, 감촉 없는 세계로 전환되는 것이다. 나는 손을 뻗어 저 세계로 넘어가는 밤비의 털을 겨우 붙잡은 셈이다. 털의 감촉을 느끼는 순간, 밤비가 눈앞에 짠 하고 나타나는 것 같다. 정말 그렇다. 나는 밤비와 쌓은 추억담과 함께 일곱 고양이의 이야기를 통해 고양이와 함께 사는 삶에 대해 이야기하려 한다. 이 이야기를 밤비의 죽음에서부터 시작하는 것이 과연 온당한 일인지를 스스로에게 물었다. 그러나 죽음에서부터 시작해야만 할 것 같았다. 특히나 반려동물을 유기하는 일을 예사로 여기는 세상에서는 말이다. 다른 생명을 괴롭히는 일에 아무런 죄의식과 성찰이 없는 세태를 거스르기 위해서도 생명에 대한 책임감의 무게를 지는 일에서부터 시작해야만 할 것 같았다.

솜털은 아주, 아주 무겁다.

도자기 고양이 '초롬'이
첫째가 된 사연

내가 처음 고양이를 영접한 것은 캐나다 밴쿠버에서 살 때였다. 지금으로부터 16년도 더 지난 얘기다. 당시 나는 밴쿠버에서 장기 체류 여행자로 지내고 있었다. 서쪽으로 태평양을 펼쳐둔 친구네 거실이 보금자리였다. 나에게 주어진 것은 매트리스 하나와 붙박이 옷장 하나, 그리고 이제 막 한 살이 된 고양이 둘이었다. 그 둘은 각각 나의 첫 고양이와 네 번째 고양이가 되었다.

첫 고양이 '초롬'은 캐나다에서 '자폐증이 있는 고양이'라고 소개받았다. 통꼬발랄 냥린이 시절임에도 사람들과도, 고양이와도 늘 일정한 거리를 두고 있었다. 나는 초롬에게서 '친하게 지내고 싶지 않아!'라기보다는 '이 몸은 아무 생각이 없다. 왜냐면 아무 생각이 없기 때문이다'에 가까운 분위기를 읽었다. 초롬이는 대체로 거실의 커다란 흰 벽을 쳐다보며 도자기처럼 홀로 앉아 있었다. 도도한 고양이의 전형이라기엔 뒤태에 위태로운 기운이 실려 있었다. 나는 내가 투영되지 않을 정도로 짙은, 에메랄드 빛 눈동자를 가진 초롬에게 순식간에 마음을 빼앗겼다.

초롬이에겐 사연이 있었다. 원래 초롬이는 새끼 때 남매가 같이 이 집에 왔다고 한다. 오빠 도롬이가 있었던 것이다. 그러나 몇 달 되지 않아 발코니에서 놀던 도롬이가 추락사하는 일이 벌어졌다. 눈앞에서 오빠가 갑자기 사라지는 경험을 하고 만 초롬이는 이후 간헐적으로 발작을 일으키는 뇌전증(간질) 증세를 보였다. 그리고 자신을 주변 환경으로부터 격리하는 폐쇄적인 성향을 보이기 시작했다고 한다.

나는 이때까지 고양이는 고사하고 동물을 상대해본 적이 없었다. 나는 초롬이와 대화하기 위해 수신호를 비롯해 입으로 낼 수 있는 간단한 소리를 규칙화해서 신호로 사용했다. 지금 생각하면 일종의 클리커(clicker) 같은 거였다. 그리고 과장 좀 보태서 하루에도 수천 번 이름을 불러댔다. 스스로를 외톨이로 세팅한 초롬이와 나는 잘 통했다. 죽이 맞았다. 초롬이가 나의 부름이나 장난에 응답하는 모습을 보고 친구는 깜짝 놀라며 "사람을 따르지 않는 까다로운 고양이인데, 네가 훈련을 잘 시키는구나"라고 말했다.

내 생각은 달랐다. 단지 대화를 하고 싶어 둘만의 신호와 규칙을 만들었을 뿐이다. 그 신호와 규칙조차 나 혼자가 아니라 초롬이와 함께 만든 것이다. 아이가 좋아하는 것을 살뜰히 챙기고 아이가 싫어하는 것 또한 알뜰히 알아내었다. 친구네가 이런저런 이유로 초롬이를 더 이상 감당할 수 없는 사정이 생기자, 나는 초롬이를 한국에 데려오게 되었다. 여전히 간헐적 발작 증세가 있지만 아직까지 큰 탈 없이 함께 잘 지내고 있다.

초롬이를 한국에 데려올 때 제법 큰 문제가 있었다. 남편이란 작자가 고양이와 함께 입국하는 것을 결사반대하고 있었기 때문이다. 남편은 심지어 '이혼' 운운하며 협박까지 했다. 그러나 나는 개의치 않았다. 무지와 편견 때문에 거부할 뿐, 남편이 초롬이를 알게 되면 푹 빠질 것이라 생각했다. 무엇보다 남편은 생명을 인위적으로 곁에 두는 것은 '폭력'이라는 구호를 내걸고 항쟁했다. 님아, 내가 너와 한 결혼도 상당히 폭력적인 방식의 '사랑'이거든요? 아무튼 그가 초롬이와 사랑에 빠지게 될 거라 확신했고, 혹여 그러지 않는다 해도 내 인생의 첫 고양이가 된 초롬이를 포기할 생각은 추호도 없었다.

만약 남편이 초롬이를 눈앞에 두고 함께 생활하면서도 그 매력을 모른다면 그것은 나와 공감할 수 없는 인생의 한 부분이 생기는 것이었다. 기쁨과 슬픔을 서로 나눌 수 없는 정서적인 구멍이 뚫리는 것이었다. 결국 부부 사이는 공허해질 것이라 생각했다. 하지만 다행히 남편은 불과 이틀 만에 초롬이의 포로가 되었다.

현재 나는 여섯 고양이와 함께 살고 있다. 지인들은 '어떻게 그렇게 많이 늘어날 수 있느냐'며 놀라곤 한다. 그렇게 된 데에는 남편의 몫이 크다. 그는 첫 고양이 초롬이를 받아들이고 얼마 지나지 않아 새로운 고양이를 입양하고 싶어 했다. 이유는 매우 해괴하고 조악했다. 온전히 자신의 선택과 의지로 고양이를 입양하고 싶다는 게 그 이유였다. 그렇게 해서 삼색 고양이 암컷 '밤비'와, 태비(tabby) 고양이 수컷 '태양'이 한 식구가 되었다. 밤비는 성남 모란시장에서 구조한 새끼였고, 태양이는 가정 분양을 통해 입양했다. 이후 몇 달 간격으로 캐나다 친구네에 남아 있던 '샤샤'까지 합류했다. 고양이는 고양이를 부른다고 했다. 이때부터 약간의 시간 차를 두고 길고양이를 하나씩 입양한 것이 지금과 같은 대가족이 되었다. 고양이와 함께하면 길에서도 고양이들이 눈에 밟힌다. 그중 몇몇은 구조 후 인터넷과 인맥을 동원해 입양을 보냈고, 몇몇은 내 식구가 되었다. 길에서 무작정 날 쫓아와 데려다가 입양을 보냈는데 파양되어 온 경우도 있고, 아파트 주차장에 버려져 들인 녀석도 있다. 막내 '밍키'는 처음 구조했을 때 영양 불균형이 심해 백내장 증상이 있었던 터라 입양되지 않을 가능성이 커 그대로 집에 눌러앉았다. '초달'이와 '단풍'이는 곰팡이성 피부염을 치료하다 입양시기를 놓치고 정이 들어 내 식구가 되었다.

우리 식구는 혈연으로 맺어진 유대나 유사점이 하나도 없다. 그게 우리 식구의 자랑이다. 생김새부터 성격, 행동과 습관까지 모든 게 다르다. 그럼에도 사람 둘이 치고 박고 싸우는 일이 없으면 이 집은 더없이 평화롭다. 아, 가장(家長) 체가 만연한 김수영의 시 '나의 가족(家族)'의 한 연이 떠오른다.

제각각 자기 생각에 빠져 있으면서
그래도 조금이나 부자연한 곳이 없는
이 가족의 조화와 통일을
나는 무엇이라고 불러야 할 것이냐

얼마 전 명절 때다. 설에는 '사람 가족'이 모이는데, 사람이 모이는 명절이 점점 공허하다. 그들과 나 사이에는 고양이에 대한 공감대가 전혀 없다. 괴리감이 점점 더 커지고 있다. 시댁 식구 중에는 고양이의 죽음에 공감하는 사람이 없다. 나에게 고양이의 죽음은 목숨과 같은 '식구'의 죽음이지만 그 죽음을 가족과 공유할 수 없다. 이 사실은 '가족'에 대해 다시 생각해보는 계기를 만들었다.

가족은 혈연관계로 이뤄진 조직이다. 이 사회가 형식화한 구조적 질서다. 이에 반해 식구는 밥을 함께 먹는 존재다. 밥을 함께 먹는 식구가 나에겐 형식적인 가족보다 더 애틋하다. 식구란 말에는 생존을 함께한다는 의미도 있다. 명절에 가족이 모이는 시간은 2시간이면 충분한 듯하다. 그 외의 시간은 식구와 함께 보내고 싶다. 이번 명절엔 그렇게 했다. '고양이 식구'와 함께, 뒹굴뒹굴 하며 고양이처럼.

늠름한 자존감 '태양'

'태양'은 열다섯 살 태비 고양이 수컷이다. 집에 들어온 순서로 치면 초롬과 밤비에 이어 세 번째다. 가정 분양을 통해 생후 3개월 된 녀석을 입양했다. 태양이의 입양에는 남편이 결정적인 역할을 했다. 남편은 짙은 고동색 태비 무늬를 가진 고양이를 좋아했다. 이 무늬는 호랑이처럼 덩치가 큰 고양잇과 동물을 연상시킨다. 태양이의 푹신한 큰 발과 두툼한 몸통, 잘 발달한 다리 근육, 처마처럼 높은 콧대와 제멋대로 뻗은 수염, 항상 지배자처럼 태연자약 여유롭게 행세하는 행동거지를 보면 영락없이 맹수다. 그런 늠름한 면모가 동그랗고 커다란, 어처구니없을 정도로 깜찍한 눈과 조화롭게 섞여 있다. 참 잘생긴 녀석이다.

태양이는 어릴 때부터 성격적으로 도드라진 특징이 있었다. 바로 자기를 주제로 사람들이 입방아 찧는 걸 싫어한다는 점! 우리 부부가 소파에 앉아 태양이가 얼마나 잘생겼는지,

얼마나 호기심 많고 용감한지, 오늘은 또 어떤 말썽을 부렸는지 이야기하면 녀석은 멀찍이 떨어진 양탄자 위에서 굵고 잘빠진 호랑이 꼬리를 닮은 그것을 바닥에 '탕탕' 내리친다. 처음에는 우연이라 생각해 일부러 '태양이, 태양이' 하며 녀석의 반응을 관찰했다. 태양이는 꼬리를 내리치며 심기가 불편한 모습을 보이거나 저 멀리서 신경질적인 울음소리를 냈다. 이런 반복되는 의사 표현은 분명 싫다는 의미다. 다른 아이들이 자기 이름이 오르내리면 호기심을 보이며 다가오는 데 반해 태양이는 정반대의 반응을 보였다.

이것은 태양이의 자의식과 자존심이 대단하다는 사실을 말해준다. 남편은 자신의 어릴 적 경험과 비교하며 태양이의 성격에 대해 말하곤 했다. "나도 부모님이나 어른들이 내 얘기 하는 것을 아주 싫어했어. 지금 생각해보면, 나는 타인에게 인정받기 위해 존재하지 않는다는, 강한 자존심 때문이었던 것 같아. 어른들의 대화는 결국 나를 멋대로 규정하고 규제하려는 게 아닌가 하는 느낌을 받았던 것 같아."(이러쿵저러쿵… 울 집 애들이 수다스러운 건 다 누구 때문?)

남편의 말은 설득력이 있었다. 태양이는 자존심이 무척 강했다. 성묘 상태로 여섯 번째로 합류한 '놀'과 육박전을 치르는 모습을 보면 그 자존심의 크기를 가늠해볼 수 있다. 놀은 태양보다 세 살가량 어린 수컷 치즈 태비로, 에너지가 넘칠 때면 종종 태양이를 도발해 레슬링을 즐긴다. 놀은 언제나 앞발로 공격하며 잽을 날리는 아웃 파이터 포지션을 취한다. 반대로 태양이는 상대의 잽과 스트레이트를 맞으면서도 묵묵히 전진해 한 방을 노리는 인파이터다. 태양은 놀과의 격투에서 앞발을 전혀 쓰지 않고 입을 쓴다. 고양잇과 동물에게 앞발을 사용하는 것은 경쟁과 분쟁을 의미한다. 입으로 무는 것은 상대를 사냥감으로 인식하거나 상대에게 지배적 권위를 드러내기 위한 행위다.

사실 태양의 앞발 힘은 그 속도와 파괴력에서 상상을 초월한다. 태양이는 병원에서 단단한 구속복을 간단히 찢고 나온 아이다. 제자리 점프만으로 남편의 턱을 가격해 사흘간 밥을 못 먹게 할 정도로 탄력과 파워가 강하다. 그런 태양이 놀을 상대할 때 앞발을 쓰지 않고 입을 쓰는 것은 자존심 때문이 아니라면 달리 설명할 길이 없다. "넌 내 상대가 되지 않아. 함 물리고 싶어? 앙앙!"

태양이 갖고 있는 이 수컷의 자존심은 그저 귀엽기만 하다. 그 자존심이 종종 어리석어 보이기 때문이다. 가령 자존심 때문에 놀한테 수십 대의 펀치를 얼굴에 맞고도 한 방을 노리며 상대의 목덜미로 전진하는 모습이라든가, 자기 송곳니가 살짝만 닿아도 꽤애액 비명을 지르며 달아나는 놀을 보며 어벙한 표정을 짓는 태양의 행색을 보면 그런 생각이 들 수밖에 없다. 줄행랑친 놀이 남편이나 내 옆으로 숨고, 우리는 집요하게 추격하는 태양이를 달래고, 태양은 자신에게 애걸하는 우리의 모습을 흡족한 듯 바라본다. 태양과 놀의 레슬링은 늘 이렇게 끝난다.

나는 태양이와 함께하면서 부모가 나누는 대화가 자식에게 큰 영향을 미친다는 사실을 이해했다. 부모의 대화는 아이의 인정 욕망을 일깨운다. 부모에게 인정받기 위해 특정한 행동을 하거나 반대로 부모의 인정을 거부하는 반항적 태도를 형성한다. 시기와 질투, 인정 욕망이 강한 아이일수록 부모가 아이를 두고 평가를 일삼았을 가능성이 크다.

반대로 경쟁심이나 승부욕이 거의 없는 아이는 나약해 보일지 모르나 실은 자존심이 엄청 강하다. 이런 아이를 어른들이 섣불리 평가해서는 안된다. 이런 아이는 고양이와 비슷하다. 비교나 경쟁적 관점에서 아이에게 압박을 주는 것은 전혀 도움이 되지 않는다. 그보다는 아이가 능력을 자연스럽게 발현하도록 돕는 태도가 필요하다. 사실 태양이 같은 성격은 고양이, 나아가 많은 동물이 전반적으로 갖고 있을 가능성이 크다. 고양이는 인간과 달리 인정 욕망을 갖지 않는다. 그런 것이 필요 없는 환경이기 때문이다. 인간사회에서도 모두가 인정 욕망에 목말라 있는 것은 아니다. 그렇지 않은 사람도 있다.

고양이와 산다는 것, 그리고 동물을 사랑한다는 의미는 우리가 서로 인정 욕망 없이 어떻게 사랑할 수 있는지를 경험하는 과정이기도 하다. 우리는 정말 이해타산 없이 상대를 사랑할 수 있을까? 인간은 자식에게 바라는 게 있다. 동물에게는 바라는 게 없다. 심지어 동물은 우리보다 먼저 죽는다. 인간은 동물에게 기대할 게 없고 기대할 수도 없다. 그럼에도 그 존재만으로도 위안이 된다. 동물과의 사랑은 가장 본연의 사랑 즉, 존재한다는 사실 그 자체에 대한 사랑이다. 이보다 완벽한 사랑은 없을 것이다.

정의롭고 이타적인 '놀'

다묘 가정의 집사인 나는 남들이 하기 쉽지 않은 경험을 종종 한다.

치즈 태비 '놀'은 다 커서(열다섯 살로 추정) 우리 집에 들어왔다. 수년 전 '레옹'이라는 고양이가 집에 놀러 온 적이 있다. 살짝 접힌 귀, 처진 눈, 납작한 코, 짧은 앞발 등 스코티시 폴드 품종의 특징을 그대로 가진 귀엽고 당찬 고양이다. 녀석은 중성화를 하지 않은 외동묘였다.

레옹은 장시간 여행에 지쳤는지 신경질이 나 있었다. 그러나 거실에 내려놓자마자 우리 집 고양이들을 보고 기분이 좋아졌을까? "레옹이가 일곱 애들한테 다구리 당하는 거 아냐?" 걱정하던 레옹 집사의 우려가 무색하게 정반대의 상황이 펼쳐졌다. 레옹이는 부산하게 돌아다니더니 지나치다 싶을 정도로 애들에게 들이댔다. 우리 집 고양이들은 낯선 고양이의 갑작스러운 접근에 호스트로서 환대할 기회를 빼앗기고 슬금슬금 피하기 바빴다. 혹시 중성화 수술을 하지 않은 수컷 고양이 특유의 기운과 체취에 우리 애들이 긴장한 것은 아닌지 살짝 걱정되었다.

그러던 중 레옹이 밤비에게 접근했다. 밤비는 미모의 암고양이다. 자신이 예쁘다는 걸 너무나 잘 아는 아이다. 낚싯대 장난감에 달린 깃털이 아니라 낚싯대를 흔드는 집사의 멍청한 얼굴을 빤히 보는 아이다. 자아가 확실하고 관계에 빠삭했다. 그런 밤비에게 레옹이 깜빡이도 켜지 않고 느닷없이 들이댔으니 결과는 불을 보듯 뻔했다.

밤비는 하악질을 하며 솜방망이를 휘둘렀고, 레옹은 마음의 상처를 크게 입었다. 레옹의 입장에서는 친하게 놀고 싶어 "네가 젤 이쁘다옹~" 하며 접근한 것이었으나 밤비는 자기소개나 인사도 없이 플러팅을 날린 레옹을 무례하게 본 것이었다. 레옹은 자신의 선의가 밤비에게 거절당하자 마음의 상처를 크게 입고 자신만의 세계로 퇴각해 소파에 홀로 앉아 화를 내기 시작했다. 레옹이 화를 낸 대상은 자신의 집사였다. 한껏 앙칼진 소리를 내며 자신을 달래기 위해 몸을 만지려는 집사의 손을 때리고 할퀴었다. 레옹과 집사의 신경전으로 집 안은 소란스러워졌고, 우리 집 고양이들도 긴장하며 사태를 주시했다.

그때 놀라운 일이 벌어졌다. 평소 밤비와 암컷들의 기에 짓눌려 발언권도 별로 없던 놀이 저벅저벅 레옹에게 다가가는 것이 아닌가. 놀은 레옹과 마주 보고 있던 집사의 가랑이 사이로 불쑥 머리를 내밀며 소파 귀퉁이를 잡고 서서 레옹의 얼굴을 똑바로 응시하면서 일갈했다. 어른이 아이를 나무라듯이 막 뭐라고 뭐라고 했다. 그랬다. 그건 정말 '말'이었다.

"니가 이러면 되겠어? 기본 예의도 모르고, 버릇없이 엄마한 테 앙앙앙 어쩌고저쩌고."

우린 모두 그 상황에 놀랐다. 레옹은 놀이 야단치자 갑자기 조용해졌다. 레옹은 앙칼지게 치뜬 눈꼬리를 누그러뜨리고 그 자리에서 조용히 집사의 손길을 받았다. 우리는 모든 사태가 진정되고 나서 놀의 행동에 대해 토론하며 놀의 행동은 분명 정의나 윤리와 관련된 것이라는 데 동의했다. 레옹의 집사는 놀의 행동에 큰 감명을 받았다고 했다. 놀이 나서서 레옹을 위로하고 진정시켰다는 것이다. 놀에게 고맙다는 인사도 듬뿍 했다.

그 이후 놀은 또 한번 이타적인 모습을 보여줬다. 일주일 간격으로 유기묘 둘을 구조해 입양 보내기 전까지 보호한 적이 있었다. 하나는 아깽이 티를 막 벗은 아이였고(암컷으로, 우리 집에 머물며 첫 발정이 왔었다), 하나는 갓 성묘(암컷)가 된 듯한 아이였다. 아깽이는 온갖 저지레를 하며 울어대고 성묘는 천방지축 제멋대로 굴었다. 집 안은 삽시간에 난장판이 되었다. 그때 앞장서서 녀석들의 파트너가 되어준 것이 바로 놀과 '초달'이었다. 특히 놀은 잠자는 시간까지 아껴가며 먹고, 놀고, 자고, 그루밍 하고, 우다다 하고, 대화를 주고받으며 낯선 고양이들을 다정하게 다정했다.

그 후 한 녀석은 다른 집으로 입양을 갔고, 발정 난 녀석은 중성화 수술을 받았다. 집은 다시 평화를 찾았다. 그때 놀과 초달은 너무 피곤한 나머지 구순염을 앓았다. 입술과 코 사이의 피부가 까지고 진물이 났다. 둘은 초췌한 몰골로 하루 종일 늘어져 잠만 잤다. 놀에게는 분명 동료나 사람의 감정에 공감하는 뛰어난 능력이 있다. 이사 때마다 변한 환경에 적응하지 못해 숨숨집에 틀어박혀 며칠은 곡기를 끊는 예민한 초달을 부여잡고 달래주던 아이도 놀이었다.

놀이 원래부터 이랬던 건 아니다. 처음 우리 집에 왔을 때는 쓰다듬거나 만지려고 하면 발로 인정사정없이 가격하고 물기 바빴던 아이였다. 우리는 놀의 과거를 알 수 없었다. 어릴 때 보호자가 과격하게 놀아줬거나, 다 크도록 손이나 발 등 신체를 이용해 놀아줬거나, 믿음에 기반한 놀이를 못 했을 거라고 짐작했다. 그렇기에 이건 문제 행동이 아니며, 훈육 대상이 안 된다고 판단했다. 우리는 놀을 야단치거나 가르치려 들지 않았다. 놀이 하고자 하는 대로 두었다. 대신 우리도 하고자 하는 대로 했다. 물고 할퀴든 말든 만져댔다는 말이다. 이건 널 공격하는 게 아냐, 엄마 손 무니까 맛있지? 오늘은 귀만 만질게, 하며. 그렇게 3년여의 시간이 흐르고 나서야 놀은 우리에게 자기 몸을 내주었다. 우린 놀의 몸에 담긴 소중한 마음도 함께 받았다.

식탁에서 벌어지는 남편과 놀의 신경전은 혼자서 보기 아까울 정도로 재밌다. 남편이 식사를 하면 놀은 바로 옆에서 시키지도 않은 '기다려' 자세로 앉아 있다. 수업에 집중하는 전교 1등의 포스로, 남편 입으로 들어가는 햄이나 소시지를 눈으로 쫓는다. 남편은 일부러 놀을 외면하며 쏙쏙 반찬을 먹어댄다. 남편의 얄미운 행동에 놀의 분노 게이지가 치솟는다. 놀은 번개처럼 남편의 입으로 들어가던 소시지를 앞발로 쳐 바닥에 내팽개치고 쌩하니 멀어져 간다. 치사하다는 거다. 정의롭지 못하게 먹을 것으로 장난치느냐는 거다. 같은 뚱뚱보 주제에. 순식간에 일어난 일이라 남편은 빈 젓가락을 씹은 적도 있다.

만약 놀이 길고양이로 살았더라면 어땠을까 종종 생각한다.
놀은 무리 중에 늙고 눈먼 고양이에게 가장 먼저 밥을 디밀
어주는 아이였을 거다. 눈곱을 덕지덕지 매단 아껭이에게
밥을 양보했을 아이다. 측은지심, 역지사지. 그 무엇이 되었
든 놀의 선한 마음은 본능을 앞섰을 거라고 믿는다.
동물에게 옳고 그름이 있을까? 고양이에게 정의가 있을까?
놀의 행동을 경험한 나는 분명히 그렇다고 대답할 수 있다.
정의는 살아 있다.

'밤비' 체제 '샤샤' 평천하

'샤샤'는 샴과 버먼 품종이 섞인 것으로 추정되는데, 외모상으로는 발리니스(롱헤어 샴)와 가장 닮았다. 머리부터 꼬리 끝까지 길고 풍성한 털을 자랑하는 파란 눈의 샤샤를 본 사람들은 대개 이렇게 말한다. "어머, 얘는 비싼 종인가 봐요!" 나는 이렇게 답한다. "캐나디안 시고르자브종(시골 잡종)이에요. 오호호호." 이에 맞춰 샤샤는 "야오오옹~~~오옹" 하고는 종아리 사이를 살랑살랑 갈지자를 그리며 치대준다. 잘했어, 샤샤.

샤샤가 예의 바르고 활달하며 애교가 많은, 종 특성을 지니고 있다는 데에 반박할 마음은 없다. 그러나 샤샤는 전형적인 사냥꾼 타입이다. 암컷임에도 우리 집 고양이 중 무력치로만 따지면 선두라 해도 어색하지 않다. 수컷인 태양이와는 나이 차이가 있기 때문에 시간이 흐를수록 태양의 신체적 능력이 샤샤를 압도했지만, 그럼에도 놀던 가락이 있어

결코 호락호락하지 않다.

샤샤는 캐나다에 살던 시절 비둘기를 사냥한 일화로 전설의 훈장 하나를 달고 있다. 7층 아파트의 개방형 발코니는 비둘기가 쉬기 좋은 장소였다. 비둘기들은 꼭 쌍으로 와서 발코니 끄트머리에 앉아 종종거리며 약을 올렸지만 샤샤는 일견 심드렁해 보였다. 이 점이 바로 샤샤의 무서운 면모다. 샤샤의 병법은 인내심과 참을성을 바탕으로 하고 있었다. 기다림은 반드시 기회를 준다! 샤샤는 한국행 비행기를 타야 했던 날 아침, 비둘기 한 마리를 낚아채어 기어이 거실로 물고 들어와 털을 몽땅 뽑아버렸다. 친구는 경악을 금치 못하고 샤샤를 야단쳤다. 그러나 샤샤로서는 사냥감을 반려인에게 선물한 것뿐이다. 꽤 섭섭했을 것이다.

샤샤는 우리 집에 네 번째로 들어왔다. 나이로는 제일 먼저 들어온 초롬이와 동갑이지만 뒤늦게 들어온 탓에 초롬이의 눈치를 보며 지내야 했다. 두 번째가 밤비, 세 번째가 태양이었으므로 두 살이나 어린 아이들 눈치도 봐야 했고, 거기에 낯선 반려인의 눈치도 봐야 했기에 꽤 자존심 상하는 나날을 보내야 했다.

그렇지만 샤샤가 기죽어서 지낸 건 아니다. 당시 어렸던 태양과 밤비는 샤샤를 조금 두려워했다. 어딜 봐도 고양이 같지 않았기 때문이다. 태어나서 자기들과 생김새가 그렇게 다른 고양이를 처음 봤을 것이다. 지나치게 긴 털에 소위 털발로 부풀려진 풍채, 짙은 갈색으로 뒤덮인 얼굴이 위압감을 자아냈다. 그리고 백혈병 증상 탓에 눈동자가 하얗게 된 데다 다리가 살짝 짧아 여느 고양이들처럼 높은 곳을 자유자재로 오르내린다든가 날렵한 점프를 못하는 편이었다.

대신 샤샤는 박력이 대단했다. 낚싯대로 놀아줄 때면 샤샤
는 철천지원수라도 만난 것처럼 줄에 매달린 장난감을 낚아
채 아주 작살을 냈다. 태양이나 밤비, 이후에 들어온 다른 아
이들과 놀 때도 마찬가지였다. 어떤 장난도 실전처럼 수행
했기에 놀이 도중에 샤샤를 뜯어말리기 일쑤였다.

그즈음 샤샤는 이 집에서 수월하게 살아가기 위한 전략으
로 밤비의 경호원 노릇을 자처했다. 어째서 첫째인 초롬을
선택하지 않았을까? 초롬은 개인주의 성향이 강했으며 동
갑이라 샤샤로서는 자존심 상하게 숙이고 들어가기 어려웠
을 것이다. 그래서 둘째인 밤비를 선택했으리라. 게다가 밤
비는 힘이 약했지만 다른 고양이들에게 꼬박꼬박 서열 2위
로 대접받길 원했다. 샤샤는 밤비의 호위 무사로 나름의 권
위를 확보해나갔다.

샤샤의 전략은 성공적이었다. 밤비는 영리하게도 샤샤를 다
룰 줄 알았다. 밤비를 등에 업고 샤샤는 중원을 주름잡았다.
모든 고양이가 샤샤에게 감히 도전장을 내밀 수 없었고, 중
원은 명예직 초롬을 제외하고는 실질적으로 밤비 체제의 샤
샤 평천하를 구가했다. 태양을 비롯한 수컷들은 샤샤 때문
에 밤비 체제를 무너뜨리지 못했다. 하지만 태양이는 무럭
무럭 자라고 있었다. 그리고 서서히 그 존재감이 커지기 시
작했다. 여기에 더해 태양을 바라보는 샤샤의 눈빛에 애정
을 갈구하는 듯한 묘한 싹이 움트고 있었으니.

태양을 알현한
'단풍'과 '초달'

'밤비 체제 샤샤 평천하' 구도에 맞서기 위해 태양은 인고의
세월을 보냈다. 태양이 세 살이 되던 해 여름이었다. 2~3개
월령의 암컷 '단풍'과 수컷 '초달'을 일주일 간격으로 구조했
다. 지독한 장마철, 어미와 떨어진 아이들에겐 곰팡이성 피
부염이 창궐했다. 귀, 발가락, 꼬리 등 몸 말단에서부터 부스
럼이 나고 딱지가 생기고 하루가 무섭게 그 부위를 중심으
로 털이 훌라당 벗겨지고 이내 말간 살갗이 드러났다.

곰팡이성 피부염은 전염력이 강해 단풍과 초달을 작은 옷
방에 격리할 수밖에 없었다. 나도 소독을 하는 건 물론 방호
복을 입고 아이들을 보살폈다. 문밖의 아이들은 옷 방의 새
끼들을 궁금해하며 기웃댔다. 특히 태양은 특유의 무심한
표정으로 옷 방 주위를 자주 얼쩡거렸다. 병원에서는 6개월
이상 갈지도 모른다고 했지만, 내가 누구던가! 소독용 에탄
올을 리터 단위로 쟁여놓고 깔끔을 떠는 인물로, 극강의 술

수를 써서(물론 수의사에게 허락을 얻었다) 발병 20일 후 피부병을 잡고, 엔데믹 종식을 선언하기에 이르렀다.

집에 온 지 한 달이 지나서야 초달과 단풍을 다른 아이들에게 공개했다. 둘은 옷 방과 가까운 현관이나 안방 입구까지 갔다가 후다닥 돌아서 옷 방으로 냅다 튀어 들어가곤 했다. 다른 아이들은 꼬맹이들의 사회적 거리 두기를 존중했던지 옷 방 출입을 자제하고 있었다. 그즈음이었다. 태양은 거실의 소파 밑에서 뭉개기 시작했다. 소파 밑은 전략적 요충지였다. 초달과 단풍이 잠깐의 탐색을 마치고 옷 방으로 돌아가는 반환점으로 삼은 지점이었기 때문이다. 이 때문에 둘은 싫든 좋든 태양과 자주 접촉할 수밖에 없었다.

태양은 그런 식으로 경계를 허물어뜨리고 접근해 초달과 단풍을 자기 새끼 대하듯 돌보기 시작했다. 그루밍을 해주고 밥을 먹을 때는 둘 옆에서 지켜보며 먹을 것을 양보하고 잘 때는 같이 잤다. 한마디로 끼고 살았다. 둘 사이의 장난이 격해진다 싶으면 몸을 슬쩍 디밀어 중재하기도 했다. 그 모습에서 난 동물의 부성을 느꼈다.

집안은 평화로웠다. 초달과 단풍은 무럭무럭 자라 우리 식구로 스며들고, 밤비는 가끔 태양을 무시하고 종종 놀을 괴롭히긴 했지만 다들 잘 지냈다. 문제는 샤샤였다. 밤비의 경호원 샤샤는 부쩍 성장한 태양의 모습에 서서히 마음을 빼앗겼다. 먼발치에서 태양을 바라보는 샤샤의 모습이 종종 목격되었다. 어떤 구실을 붙여서라도 태양 곁을 맴돌며 그루밍을 해줄 기회를 노리기도 했다. 태양이 샤샤의 식사를 일부러 방해하려는 듯 샤샤의 밥그릇에 머리를 들이밀 때도 샤샤는 부끄럼 타는 숙녀처럼 가만히 있기만 했다. 그건 분명 연정이었다. 하지만 태양은 결코 샤샤의 마음을 받아주지 않았다. 되레 샤샤를 우습게 여겼다. "나에게 누나는 누나일 뿐이야옹." 원래 태양의 짝은 어릴 때부터 함께 자란 밤비였지만 밤비가 퀸의 왕관을 쓰면서 소원해졌다. 게다가 밤비는 사춘기가 지난 후로 태양을 박대하고 있었다. 그것은 정치적인 무시가 아니라 성적인 무시였다.

그렇게 1년이 지난 어느 날, 태양의 높아진 위상을 보여주는 일대 사건이 일어났다. 그날 태양은 침대 시트에 거하게 오줌을 쌌다. 스프레이형 마킹 수준이 아니었다. 질펀하게 싸는 것, 그것은 단순한 영역 표시가 아니라 이 집안에서 자신은 아무 데서나 싸도 되는 킹왕짱 존재라는 것을 과시하는 행동이었다. 그러자 가뜩이나 위세를 뽐내는 태양의 행동에 신경을 쓰던 남편은 벌을 줄 요량으로 이동장에 태양이를 가뒀다. 벌을 주기 위해 이동장에 누군가를 가둔 건 처음이었다.

그런데 웬걸, 난리가 났다. 정작 갇힌 태양은 느긋한 자세로 누워 있고 초달과 단풍이 이동장 곁에서 태양이를 향해 시끄럽게 읍소하다가 남편에게 달려가 빽빽 울어댔다. "어째서 빽빽!!! 어이하여 빽빽빽!!!" 명백한 시위고 성토였다. 결국 남편은 금세 백기를 들고 이동장의 문을 열어주었다.

태양은 마치 양심수나 된 것처럼 아주 느긋한 동작으로 일어나 크게 기지개를 켠 후 감옥에서 당당하게 걸어 나왔고, 초달과 단풍은 환호작약하며 태양을 알현하고 왕의 귀환을 감축했다. 이 모든 상황에 남편은 얼이 빠져 있었다. 남편은 태양을 어렸을 때부터 황태자라 부르면서 자신의 왕권을 물려주겠노라 허풍을 떨어왔다. 그런데 태양이 스스로 왕관을 머리에 쓴 것이다. 아무도 예상하지 못했던 일이다. 태양은 초달과 단풍을 자신의 꼬붕으로 착실히 키웠고, 결국 막내들이 바스티유 감옥의 창살을 열어젖힌 것이다. 이 봉기는 태양의 성대한 대관식으로 끝났다.

그날 이후 우리 집은 밤비 체제와 태양 체제가 공존하는 1국가 2체제의 연방제가 되었다.

단풍의 죽음이 가져온 변화

밤비의 구세력과 태양이의 신흥 세력으로 양분된 체제는 꽤 오래 지속되었다. 양측의 고양이가 필수 자원에 접근하는 것이 차단되거나 방해받는 일도 없었다. 고양이의 필수 자원이란 밥그릇, 물그릇, 잠자는 공간, 숨는 공간, 화장실을 말한다. 이 다섯 가지 필수 자원에 모두 공평하게 접근했다. 그러므로 두 체제는 화평했고 자유롭게 친교했다.

나는 태양이의 넘치는 힘을 조금 걱정했다. 모든 고양이가 태양이의 힘을 두려워하고 언제 자신들에게 해를 끼칠지 경계하고 있었기 때문이다. 다행히 태양이의 넘치는 에너지도 일단 권력이 양분되자 안정되었다. 태양이는 자기 휘하의 아이들, 초달이와 단풍이를 돌보고 후견자 노릇을 하느라 바빴다. 아이들 사이에 싸움이나 분쟁이 있을라치면 태양이가 개입해 중재하는 장면도 자주 목격되었다. 다른 고양이들에게 마운팅 하는 장면도 빈번하게 눈에 띄었다. 고

44

양이 세계에서 마운팅은 교미 행위일 뿐 아니라 서열을 정하는 행동이기도 하다.

태양이는 단풍, 초달, 놀을 상대로 주기적으로 마운팅을 반복했다. 마치 단풍, 초달, 놀에게 이 집의 대장이 누구인지 알려주려는 행동처럼 보였다. 우리 집에서 마운팅을 하는 고양이는 태양이밖에 없다. 다만 밤비를 중심으로 초록, 샤샤만이 태양에게 마운팅을 허락하지 않았다. 태양이는 그들에게 마운팅을 시도했지만 늘 명민한 밤비의 격렬한 저항에 물러나야 했다.

그렇게 시간은 흘렀다. 어느 날 밤, 단풍이의 상태가 심상치 않았다. 거품을 토하고 침대 아래 들어가 숨어 있었다. 그날은 주말이었고 다니던 동물병원이 쉬는 날이라 나와 남편은 해가 뜨자마자 가장 가까운 병원을 찾았다. 당시 우린 경기도 시골에 살고 있었다. 문을 연 동물병원이라고 해봐야 소와 돼지 등의 축산 농가를 위한 가축병원이 다였다. 수의사는 단풍이의 증상에 마땅한 소견을 내놓지 못한 채 구토 억제제 주사를 맞혔고 아이는 진정되는 듯했다.

그렇게 한바탕 소동을 치르고 집으로 돌아와 지쳐 잠이 들었다 다시 눈을 떴을 때, 단풍이는 조용히 죽어 있었다. 단풍이의 갑작스러운 죽음은 태양이에게 큰 영향을 미쳤다. 단풍이는 태양이와 같은 태비 무늬를 가진 고양이로, 유독 태양이가 아끼고 사랑했던 아이다. 그랬던 단풍이가 떠나자 태양이는 의기소침해져 혼자 있는 시간이 많아졌다. 결국 태양이 몸에도 변화가 찾아왔다.

어느 날 태양이는 우리가 알 수 있도록 남편의 의자 아래에 당분으로 끈적해진 오줌을 싸놓았다. 그길로 병원에 달려갔고, 태양이는 당뇨병 판정을 받았다. 그 후 우리는 태양이 위주로 집안의 체제를 완전히 바꾸었다. 가장 큰 변화는 자율급식제를 제한 배급제로 바꾼 것이다. 시중에서 파는 건사료 대신 생고기를 직접 갈아 만든 생식으로 식단을 바꾸었다. 그러자 아이들의 불만이 폭주했다. 하지만 나는 이를 악물고 새로운 제도를 시행했다. 단풍이를 허무하게 잃었는데 태양이마저 잃을 순 없었다. 이 일을 계기로 권력 지형에도 변화가 생겼다. 태양이를 비롯해 아이들을 꼼꼼하게 돌보며 우리는 이전보다 더 많은 시간을 아이들과 보냈다. 이것 또한 권력 지형을 변화시키는 한 요인이 되었다.

나는 우리 집의 최고 권력자는 나라는 것을 아이들에게 인식시켰다. 때로는 일부러 큰 소리를 내어 야단치고 종종 힘으로 제압하기도 했으며 가끔씩 아이들의 목덜미도 물었다. 관리와 통제를 위해선 고양이 무리의 우두머리가 되는 것이 훨씬 효과적이라는 것을 깨달았기 때문이다. 그렇게 내가 왕이 되자 자연스레 고양이들 사이에서는 개인주의 시대가 도래하게 되었다. 무슨 일만 생기면 내게 쪼르르 달려와 읍소하는 민원이 수시로 발생하게 된 것이다.

태양이는 점점 권력에 무심한 듯 보였다. 심지어 초달이가 자신의 권위에 도전해도 방어만 할 뿐 제압에 나서지 않았다. 물론 태양이의 힘은 여전히 압도적이었지만 단풍이가 살아 있을 때만큼의 기백은 없었다. 점점 혼자 있는 시간이 많아졌고 마치 중원을 떠나 초야에 묻혀 사는 고수 같았다. 그러자 주군을 잃은 놀과 초달은 급속히 동맹을 맺어 태양이에게서 독립하려 했다. 막내 밍키는 개인주의 시대의 축복을 받고 자라나 어느 누구에게도 주눅 들지 않는 당당한 고양이로 자랐다. 그것은 기분이 나쁠 때 아무나 붙잡고 드잡이를 하는 발칙한 고양이이기도 하다는 뜻이다.

밍키는 어릴 때 남편이 격하게 놀아준 덕분에 통통하면서도 탄탄한 근육질을 자랑한다. 아무도 밍키를 말리지 못했다. 놀은 애초에 밍키의 상대가 되지 못했다. "야, 이 집 여자들은 나만 보면 못 잡아먹어서 안달일세. 내 참, 어이없고 치사해서 원." 놀은 조용히 구석으로 가 앉곤 했다. 밍키는 까불이 막내지만 엄연히 수컷의 힘을 지닌 초달에게도 정면으로 맞서 힘으로 눌러버릴 정도였다.

밤비가 살아 있을 때는 그나마 형식적으로 기존의 권력이 유지되는 듯했다. 그러나 밤비마저 없는 지금, 중원에는 권력이 사라졌다. 밤비가 죽은 후 샤샤는 거의 칩거에 가까운 생활을 하고 있고, 초롬이는 더 노쇠했다. 태양이는 단풍이를 잃은 데 이어 애증의 관계였던 밤비마저 사라지자 그나마 유지하고 있던 권력도 놔버린 것처럼 보였다.

지금 우리 집은 이렇다. 초롬과 샤샤는 양로원에 살고 있다. 독신의 태양이는 혼자 <나는 자연인이다>를 찍고 있다. 놀, 초달, 밍키만이 때로는 갈등하고 때로는 경쟁하며 권력이 사라진 중원에서 놀고 있다. 나와 남편은 권력 무상, 묘생 무상을 느낀다.

당돌한 막내 '밍키'

서울에 살 때 우리 집엔 우리 고양이 외에도 늘 고양이 손님
이 있었다. 지인이 고양이를 장·단기로 맡기거나, 길에서 구
조한 고양이를 입양 보낼 때까지 보호했기 때문이다. 집 안
은 늘 고양이들로 북적댔다. 고양이 집에 사람이 더부살이
하는 꼴이었달까.

15평의 낡은 빌라에 놀러 온 지인들은 고양이가 그렇게 많은
지 실감하지 못했다. 낯선 방문객을 경계한 고양이들이 기
막히게 몸을 숨겼기 때문이다. '접대묘'인 서넛 정도만이 눈
길을 끌 뿐이었다. 서넛이 동에 번쩍 서에 번쩍 집 안 곳곳을
유유히 걸어 다니면 방문객들은 꼭 이렇게 물었다.

"이 집에 대체 고양이가 몇 마리나 사는 거야?"

내 대답은 그때그때 달랐다. 일고여덟일 때도 있었고, 아홉
일 내노 있었다. 우리 집을 잠시 거쳐간 고양이들 이름을 열
거해보자. 마추, 아롬, 봄비, 양갱, 금동, 먼지, 꼬꼬마, 여울

등등등. 방문객들은 하나같이 그 숫자에 놀랐다. 냄새가 안 나네, 조용하네, 무슨 인테리어 같다야, 이렇게 말하는 이도 있었다. "좁은 공간에 고양이들이 너무 많은 것 아냐? 고양이 삶의 질도 생각해야지. 흡사 고아원 같잖아."

나는 애니멀 호더(animal hoarder)를 스스로 경계하고 있었다. '호더'라는 말은 어감이 좋지 않다. 반려동물을 돌본다는 명목으로 자신의 영역에 가두고 어떤 결핍을 보상받고자 하는 욕구가 중독 상태에 이르렀음을 의미하기 때문이다. 유기 동물을 전문적으로 구조하는 단체가 아니라 오로지 개인이 힘겹게 수많은 반려동물을 건사하는 분들을 보면 대단하면서도 한편 안타깝다. 오히려 그들에게 도움이 필요하지 않을까 하는 생각이 드는 경우도 있다. 이런 경우를 무책임한 행동으로 보는 시각도 있다.

하지만 나는 반려동물의 삶을 비용으로 계산하는 것에 반대한다. 그것은 중산층 이상의 사람들만이 반려동물 삶의 질을 일정 수준 이상으로 유지시켜줄 수 있다는 관념을 강화하는 것 같다. 나는 오히려 불행한 처지의 사람들이 그걸 무릅쓰고 동물을 향해 손을 내미는 것이야말로 고귀하다고 생각한다. 내 경험상 고양이 삶의 질을 하나의 기준으로 평가하는 건 무의미했다. 서로 의지하고 산다는 것만으로도 인간과 반려동물 모두에게 최고의 삶인 경우도 있다.

우리 집 고양이들은 낯선 고양이들과 자주 어울리면서도 스트레스가 심했던 것 같지 않다. 오히려 변화 없는 일상에 활력소로 작용하기도 했다. 대체로 반은 낯선 존재에 무심했고, 반은 호기심을 보였다. 좀 특이했던 건 늘 맨 나중에 집에 들어온 '막내 고양이'가 낯선 고양이의 군기를 잡거나 환

경에 적응하도록 돕는 역할을 했다는 것이다. 그 주인공이
바로 놀이다.

한번은 금동이라는 치즈 태비 고양이가 1년간 우리 집에서
지낸 적이 있다. 금동이는 바깥 생활을 오래해서 그런지 낯
선 우리 식구들에게 별 관심을 보이지 않았다. 혼자 있는 걸
좋아했고 존재감도 거의 드러내지 않았다. 그런 금동이에게
놀이 군기 좀 잡겠다고 다가간 적이 있다. 별건 아니었고, 어
슬렁거리며 접근해 '넌 어디서 굴러먹다 온 뼈다귀냐, 내가
누군지 알아?' 뭐 이런 시답잖은 짓을 엄청 진지하게 했다는
말이다. 금동이는 최악의 반응을 보였다. 소가 닭 쳐다보듯
놀을 한 번 쓱 보곤 자기 길을 가버렸다. 금동이는 마치 이 집
의 터줏대감처럼 자신감이 넘쳤다. 반면 놀은 삽시간에 경
망스러운 고양이가 되어버렸다. 기세에 눌린 놀은 그 후 금
동이 앞에서 맥을 못 추었다.

한번은 흰둥이를 맡은 적이 있는데, 역시 놀이 군기 좀 잡겠
다고 나섰지만 흰둥이도 만만한 아이가 아니었다. 놀에게
잽을 날리다가 높은 책장 위로 뛰어올라 하악질을 하고 새
된 소리를 내며 날을 세웠다. 놀은 어리둥절한 채 그 자리에
서 얼어붙었다. 소란에 샤샤와 태양이가 등판하자 놀은 그
뒤에 붙어서 흰둥이를 향해 뭐라고 연신 잔소리를 해댔다.
내가 흰둥이를 달래자 놀의 비난은 더 거세졌다. 놀로서는
억울하고 체면을 구기는 상황이었지만 곧 목소리를 세 옥타
브 내려 "흰둥아, 놀라게 해서 미안해"라고 말하는 듯했다.
놀은 위신이 깎이더라도 한 발 물러설 줄 알았다 놀은 칩거
생활을 자청하는 흰둥이에게 유일하게 관심을 가져준 아이
이기도 했다.

밍키가 집에 들어오고 나서야 놀은 드디어 오랜 막내 생활을 청산했다. 놀은 후임이 잘 적응하도록 온갖 신경을 써줬다. 그런데 얌전한 줄로만 알았던 이 후임이 패기가 장난 아니었다. 밍키는 하루가 다르게 숨겼던 근육을 뽐뽐 뽐냈다. 밍키가 집에 들어온 지 일주일 만에 남편이 유기묘를 데리고 온 적이 있다. 후에 여울이라고 이름 붙여진 그 고양이는 호기심도 먹성도 활력도 차고 넘쳤다. 그런데 여울이가 멋모르고 까불자 여울이보다 한참 작고 순진하게만 보였던 밍키가 원투펀치를 날려버린 것이다. 남편이 밍키를 여울이에서 떼어놓았는데도 고집이 얼마나 센지 도통 떨어지려고 하질 않았다. 집안의 기강을 흐리는 여울이를 단단히 벼르고 있다가 터뜨린 듯했다. 그 모습을 뒤에서 지켜본 놀이 얼마나 놀랐는지, 그 표정을 봤어야 한다. 놀은 아마도 밍키가 천진난만한 모습으로 자기를 속여왔다고 생각했을지 모른다. 알고 보니 일진이었던 밍키에게 주제넘게 보호자를 자처했던 셈이다.

이후 밍키는 시간이 지날수록 본색을 드러내 행패를 부리기 일쑤였다. 자기 밥그릇과 남의 밥그릇이라는 개념도 없고 조금만 기분이 상하면 상대가 누구건 달려들어 주먹질을 했다. 놀은 밍키의 행패에 혀를 내두르며 멀리 떨어져 혼자 밥상을 받기 시작한 지 오래다. 놀은 밍키가 후임들 군기 잡는 모습을 보고 틀림없이 '내가 밍키보다 먼저 들어와서 참 다행이야'라고 생각했을 것이다.

나는 녀석을 '달'이라 불렀다. 처음 보자마자 그 이름이 떠올랐다. 아마도 달빛 아래에서 봐서 그랬을 것이다. 겨울이 시작되고 있었다. 소형 빌라들이 다닥다닥 붙어 있는 합정동 골목에서 발견했는데, 녀석은 갈 곳을 잃은 것처럼 마냥 서 있었다. 흰 바탕에 검은 줄무늬가 있는 태비 고양이로 생후 2개월이 채 안 돼 보였다.

기이기 때문이다. 어미의 품 안에 있을 가능성이 높기에 덥석 데려오는 것이 의도치 않게 '납치'가 될 수 있다. 달은 뭔가 애매했다. 보호가 필요해 보이긴 했지만 구조를 해야 할 정도는 아니었고, 그렇다고 구조를 바라는 눈치도 아니었다. 어느 날 기록적인 한파가 몰아쳤고 달이 걱정되기 시작했다. 결국 나는 두툼한 겨울점

길냥이들의 세상

'달'이라
불렀던 고양이

독립하기에는 어린 나이인데도 녀석은 불안해 보이지 않았다. 나는 갖고 다니던 사료를 꺼내 건네주었다.

그렇게 두어 번을 더 만났다. 구조하기까지는 꽤 긴 시간의 관찰이 필요하다. 예외가 있긴 하지만 생후 3개월 내외의 고양이는 병들거나 다치거나 버려지지 않았다면 구조하는 데 신중을 기해야 한다. 독립할 무렵인 생후 2개월에서 6개월 사이가 길고양이의 생사에 가장 중요한 시

퍼를 챙겨 집을 나섰다. 다행히 녀석은 예상했던 장소에 있었다.

달을 꾀기 위해 준비해 간 사료를 용기에 담아 녀석 앞으로 밀었다. 달은 큰 경계심 없이 슬금슬금 앞으로 가까이 왔다. 나는 녀석이 허기를 채울 때까지 기다렸다. 특히 어린 새끼들은 먹을 것이 들어가면 소화에 온 에너지를 집중하기 때문에 경계심이 낮아진다. 녀석이 배를 채웠다 싶었을 때 점퍼를 녀석의 몸 위로 던졌다. 그

리고 점퍼로 녀석을 꽁꽁 싸맨 후 끌어안았다. 녀석은 내 품에서 벗어나기 위해 안간힘을 썼다.

집으로 돌아와 보호용 케이지에 녀석을 집어넣었다. 아이들이 다들 뛰어와 케이지 근처를 서성거렸다. 이제 집에 적응하는 일만 남았구나, 고생 끝이다 생각하고 잠을 청했다. 그런데 녀석의 저항이 시작도록 케이지의 문을 활짝 열었다. 그러나 녀석은 방 한구석에서 꼼짝도 않고 숨어 있었고 나는 그냥 놔두기로 했다.

하루가 지났지만 녀석의 태도에는 변화가 없었다. 고집불통이었다. 여전히 밥을 먹지 않고 물도 마시지 않았다. 탈수 증상을 보일까봐 슬슬 걱정되기 시작했다. 결국 강제로 적응시키기로 결심하고 녀석

내가 다시 음식과 물을 넣어줬지만 달은 여전히 으르렁거렸다. 그때 나는 처음으로 고양이의 몸속 깊은 곳에서 나는 소리를 들었다. 죽기를 각오한 소리란 게 이런 거구나 싶었다.

됐다. 우선 끼니를 거부했다. 참치, 닭 가슴살, 연어와 가다랑어가 들어간 캔에 조차 입을 대지 않았다. 새끼 고양이가 이처럼 먹이를 거부하는 건 흔치 않은 일이다. 음식을 주려고 케이지 안으로 손을 넣을 때마다 달은 물어뜯을 것처럼 으르렁거렸다. 자신에게 호기심을 보이는 고양이들의 관심에 눈길 한번 주지 않고 냉정하게 거부했다. 나는 녀석이 새로운 환경을 더 능동적으로, 편안하게 받아들일 수 있의 목덜미를 잡기 위해 손을 뻗었다. 그 순간 녀석이 벽을 타고 오르기 시작했다. 어릴 때 시골에서 쥐를 쫓던 고양이가 벽을 타는 모습을 본 후 처음이었다. 녀석은 벽을 타고 오르면서 똥을 쌌다. 확인해보니 썩은 나무토막처럼 생긴 똥이었다. 겹겹이 층을 이뤄 구멍이 숭숭 나 있었다. 길에서 무엇을 먹고 다녔는지 짐작이 갔다. 천장까지 치달아 오른 녀석은 결국 책상 위로 떨어졌다. 녀석의 몸 위로

담요를 덮고 다시 케이지에 가두었다. 이렇게 반항하는 아깽이는 처음이라 무척 당황스러웠다.

내가 다시 음식과 물을 넣어줬지만 달은 여전히 으르렁거렸다. 그때 나는 처음으로 고양이의 몸속 깊은 곳에서 나는 소리를 들었다. 소름이 돋았다. 단순히 경고의 의미를 담은 하악질이 아닌 게 분명했다. 죽기를 각오한 소리란 게 이런 거구나 싶었다. 그 작은 체구에서 나오는 소리가 마치 동물원에서 우연히 들은 적 있는 호랑이의 포효 같았다. 그것은 다른 동물들의 기를 앗아가는 소리였다.

달은 막 아드레날린이 넘쳐 폭발하기 일보 직전처럼 몸을 떨기 시작했다. 그 순간에도 어떻게든 녀석과 소통하고 싶었다. 내 신심을 알리고 싶었다. 녀석과 눈을 마주치기 위해 케이지에 얼굴을 들이대고 녀석을 바라보며 눈을 깜빡였다.

대부분의 고양이 가이드라인에는 두 눈을 천천히 감았다 뜨는 행위가 고양이와 친밀감을 형성한다고 나와 있다. 녀석이 심하게 요동칠수록 나는 부지런히 눈을 깜빡였다. 바로 그때, 달은 내 미간에다 제트기가 하늘을 가르는 것과 같은 소리를 쏘았다. 그것은 쏘았다고 해야 맞다. 장풍처럼 내 미간을 가격한 녀석의 반응에 나는 뒤로 나자빠지고 말았다. 그 순간 녀석은 손을 뻗어 케이지를 후려쳤다. 나는 그 어린 녀석에게 혼을 빼앗겼다. 체념이 나를 급격히 지배했고, 결국 달을 놓아주기로 결정했다. 케이지를 들고 나가 문을 열어줬다. 녀석은 번개처럼 튀어 나갔다. 뒤 한번 돌아봐주지 않았다.

그 후, 눈이 펑펑 쏟아지던 어느 날 길에서 녀석을 다시 보게 되었다. 순간 반가운 마음에 이름을 크게 부르자 녀석은 고개를 돌려 나를 보았다. 알아보는 눈치였다. 그사이 녀석은 몸이 더 상해 보였다. 얼굴에 드리운 결연한 의지는 그대로였지만 지친 기색은 숨길 수 없었다.

나는 차에서 사료를 넉넉히 가져왔다. 녀석에게 내밀었지만 서 있기만 할 뿐 입에 대지 않았다. 그때 녀석의 뒤로 쌓인 눈이 흩어지더니 또 다른 고양이가 나타났다. 온통 흰 털에 까만 얼룩이 조금 있는 비단처럼 고운 아이였다. 갑자기 주위가 환해지는 느낌을 받을 만큼 눈부신 아이였다. 하지만 어렸다. 달이 그 아이를 감당하기에는 가당치도 않아 보였다. 순간 나는 전쟁고아의 모습을 떠올렸다. 달에게, 달보다 작은 그 아이에게 이 세상은 전쟁터일 게다. 자유롭고 반짝이는 이 애들은 무엇과 전쟁 중일까. 달은 여전히 눈 위에 서 있었고, 아이는 내어준 사료를 먹었다. 아이가 사료에 입을 대는 모습을 확인한 달은 여전히 눈을 맞고 서서 나를 지켜보았다.

나는 소용없다고 생각했으나 녀석에게 다시 한번 무언의 제안을 했다. 우리는 마주 본 채 눈으로만 얘기를 나눴다. 녀석은 여전히 고개를 가로 저었다. 나는 하는 수 없이 자리에서 일어섰다. 그러자 녀석은 어린 고양이를 데리고 눈을 헤치며 어딘가를 향해 다시 전진했다. 두려움 없이, 역시 뒤 한번 돌아봐주지 않고.

그날 이후 나는 달도, 어린 그 아이도 본 적이 없다. 이따금 흰 눈을 당당히 딛고 선 그때의 달이 떠오를 때가 있다. 달 같은 아이가 자라서 길을 지배하는 고양이 왕이 되리라. 나는 달과 달의 백성들이 차에 치여 죽지 않기를 기도한다.

2
장

동물과 함께하는 마음

육식의 모순

'동물당'이 만들어질까? 최근 동물과 그 권리를 보호하기 위해 정당을 만들어야 한다고 생각하는 사람이 많아지고 있다. 얼마 전 동물당 설립에 대한 인터넷 설문조사에 응했다. '동물당은 육식 반대를 표명해야 할까요? 아니면, 채식 권장을 표명해야 할까요?'라는 질문부터 '모든 축산업을 반대합니까? 혹은 축산업의 인도적 개선을 요구합니까?'라는 질문까지 어느 하나 신중하게 생각하지 않을 문제가 없었다. 참 많은 것을 생각한 계기가 됐다.

설문에는 '곤충도 동물로서 권리를 인정해야 한다고 생각합니까?'라는 질문이 있었다. 고양이들과 함께 사는 나는 무의식적으로 동물의 권리에 대해 고양이를 중심으로 생각하는 경향이 있다. 마찬가지로 개와 함께 사는 사람은 개를 중심으로 생각할 것이다. 곤충에 대한 질문은 동물에 대한 관점을 좀 더 넓혀야 한다는 걸 말해주고 있었다.

나는 얼마 전까지 달걀을 살 때 '동물복지인증'이 붙은 걸 샀다. 동물복지인증 달걀은 사육 환경에서부터 사료나 관리까지 동물복지를 고려한 140여 가지 까다로운 심사 기준을 총족시켜야 한다. 동물복지인증 마크가 붙은 달걀은 비싸다. 모든 복지에는 그렇지 않은 방식에 비해 돈이 많이 들기 때문이다. 내가 동물복지인증 달걀을 유심히 살피고 사게 된 데에는 사연이 있다.

태양이가 당뇨병 판정을 받았을 때부터 혈당 체크를 시작했다. 시중에서 파는 건사료나 습식 사료를 다 먹여봤지만 혈당 수치가 치솟는 것을 막을 수 없었다. 심지어 당뇨병 처방 사료를 먹여도 큰 차이가 없었다. 그래서 생닭을 사서 손질하고 민서기로 갈아 영양제를 섞어 생식을 먹여보았다. 놀랍게도 혈당이 건사료를 먹었을 때의 5분의 1 수준으로 떨어졌다. 이후 혈당 곡선을 그려가며 생닭으로 수십 번 테스트해 보아도 결과는 같았다. 사료와 생닭을 교차 비교해봐도 동일했다. 혈당을 잡는데는 생닭이 시판 사료보다 압도적으로 효과가 좋았다.

나는 기존 사료가 고양이 건강에 어떤 영향을 미칠지 판정할 지식을 갖고 있지 않다. 다만 추측할 뿐이다. 그렇지만 당뇨병에 걸린 고양이에게는 생식이 낫다고 확실히 말할 수 있다. 물론 직접 생식을 만들어 먹일 경우 치밀하게 공부해야만 한다.

그 후 나는 생닭을 사서 토막을 내고 민서기에 가는 일을 반복하며 고양이들 음식을 준비한다. 때로는 토끼를 토막 내기도 했고, 꿩을 토막 낼 때도 있었다. 얼마나 많이 했는지 식육의 골격과 뼈, 관절, 내장의 종류와 위치를 그 누구보다 정확하게 알고 있을 정도다.

그래서 내 고양이들을 만질 때 나도 모르게 특히, 토끼의 골격과 관절, 내장의 구조가 선명히 떠오르기도 한다. 그럴 때면 토끼에게 숙연한 감정이 드는 것은 어쩔 수 없다. 누군가를 위해 누군가의 희생이 필요하고, 원치 않지만 어쩔 수 없이 무언가를 희생시켜야 하는 것이다. 누구든 세상사가 이렇다는 걸 알 것이다. 하지만 이 과정을 직접 집행하고 목도하고 경험하는 일은 완전히 다른 것이다. '누군가의 희생은 어쩔 수 없잖아'라고 덮어두기에는 내 손에 피를 너무 많이 묻혔다. 더구나 다른 생명을 희생시켜 내 아이가 살아간다고 생각하면 미안하기 이를 데 없다. 그래서 나는 결심했다. 내 고양이를 위해서 고기를 제공하는 것은 어쩔 수 없지만 대신 내가 고기를 먹는 양을 줄여나가겠다고(토끼는 식단에서 제외한 지 오래다).

고기 먹는 일을 줄이겠다고 마음먹으면 생활의 많은 부분이 바뀌게 된다. 물론 기준은 사람마다 다를 수 있다. 나는 생존을 위해 유지해야 할 영양소 중 동물성 단백질의 필요량을 기준으로 삼는다. 그렇게 해서 동물복지인증 달걀을 사게 되었다. 최소한으로 먹을 것이라면 동물복지인증 달걀을 먹는 게 낫다고 생각했다. 가격이 비싸니까 많이 사서 먹지도 못한다.

2013년 초 태양이가 당뇨병 진단을 받고 생식을 시작한 지 7년이 넘어가고 있다. 태양이에게는 가능하면 자연 방목을 한 동물의 고기를 주고 있다. 태양이는 예민하다. 자연 방목한 닭과 일반 닭을 기가 막히게 구분한다. 그나마 잘 먹어줘서 다행이고, 나는 죄책감을 아주 조금이나마 덜 수 있다.

동물의 권리를 생각하는 것은 큰 숙제다. '인간은 동물을 대하듯이 인간을 대한다'라는 말이 있다. 인간이 동물을 마음대로 이용할 수 있는 가축으로 대하는 사회라면 인간도 가축으로 생각할 수 있는 사회라는 뜻이다. 이 메시지는 내게 꽤 큰 충격으로 남아 있다. 회사와 공장을 다니면서 비인간적 상황을 너무 많이 봐왔기 때문이다. 과로에 시달리다 컴퓨터 앞에서 심장마비로 죽거나, 기계에 압사당했다는 소식이 심심찮게 뉴스에 나온다. 이런 뉴스를 볼 때마다 도축을 앞두고 눈물을 흘리는 소의 영상을 본 기억이 뇌리를 스친다.

동물에 대한 태도를 바꾸지 않는 한 우리 사회는 결코 달라지지 않을 것이다. 축산업이 어쩔 수 없이 존속된다 하더라도 사육 환경과 도축 과정은 바뀌어야 한다. 그렇게 될 때 인간도 자신을 파괴하는 행위를 중단하고 노동 현장의 환경과 복지를 생각하게 될 것이다.

사랑하기에도
너무 부족한 시간

family

단풍이는 생후 다섯 살이 되던 해 세상을 떠났다. 딱 4년 6개월을 살다 갔다. 고양이를 저세상으로 보낸 첫 경험이었다. 단풍이가 죽은 정확한 이유를 난 알지 못한다. 구토하는 모습을 본 지 이틀째 되던 날 갑자기 세상을 떠났기 때문이다. 단풍이는 원래 구토를 자주 하던 아이였기 때문에 대수롭지 않게 생각했다. 그날 밤 단풍이는 갑자기 식음을 전폐하고 침대 밑으로 들어가 웅크리고 있었다.

그날은 토요일이었다. 해가 뜨자마자 병원으로 달려가기로 하고 밤을 지새웠다. 단풍이의 상태는 점점 심각해졌다. 구토를 계속했고 급격히 컨디션이 떨어졌다. 다음 날은 일요일이라 문을 연 곳이 없었고 가까운 가축병원에라도 가야 했다. 뾰족한 처방이 없으리라는 것은 직감하고 있었다. 나는 그저 다니던 병원이 문을 여는 월요일까지 어떻게든 단풍이가 버텨주었으면 싶었다. 하지만 단풍이는 그날을 넘

63

기지 못했다. 그러나 그다음 날까지 버텼어도 단풍이는 결국 살기 힘들었을 것이라고, 지금은 냉정하게 그때를 돌아볼 수 있다.

당시 나를 괴롭힌 것은 단풍이가 죽은 원인을 알 수 없다는 사실이었다. 최종 판단은 심장마비에 의한 급사다. 하지만 급성 심장마비까지 일으킨 애초의 원인, 거슬러 올라가면 만날 수 있는 어떤 원인을 나는 찾고 있었다. 수의사는 단풍이처럼 죽은 고양이는 부검을 한다 해도 사인을 찾기 어렵다고 했다. 다만 짐작할 수 있을 뿐이다. 이 사실이 나를 괴롭혔다. 결국 나는 반려동물을 잃은 많은 반려인처럼 자책이라는 종착지에 도착했다.

모든 잘못은 내게 있었다. 단풍이가 아프다는 사실을 빨리 알아채지 못한 잘못, 아픈 것을 발견했을 때 얼마나 위중한 상태인지를 몰랐던 어리석음, 위중한 것을 깨달았을 때 아무리 멀어도 전문 병원으로 달려가지 못한 점, 병원 문이 닫혔더라도 유리를 깨서라도 강제로 들어가 의사들의 연락처를 알아내 매달리지 못한 것 등등. 나는 머릿속으로 단풍이가 죽기 직전에 벌어진 일들과 내가 올바르게 대처했어야만 했던 일들의 목록을 작성하고 하루에도 수십 번 반복해 상황을 시뮬레이션 했다. 나는 나를 용서할 수 없었다.

설상가상으로 태양이가 당뇨병 판정을 받았다. 병원에서는 짧으면 3개월에서 길어도 6개월을 버티지 못하고 죽는다고 했다. 하늘이 무너져내렸다. 단풍이에 이어 태양마저 허망하게 보낼 수는 없었다. 나는 태양이를 살리기 위해 무엇이든지 하기로 했고, 그 후 고양이들 건강 문제는 내게 가장 중차대한 일이 되었다.

남편은 건강에 있어선 낙관주의자였다. 단풍이가 죽기 전에는 그랬다. 샤샤가 백혈병의 원인으로 의심되는 안구 질환을 앓을 때도 남편은 샤샤의 격리를 반대했다. 치료가 불가능하므로 격리한다는 것은 영구 격리에 다름 아니었다. 하지만 어찌된 일인지 샤샤의 질환은 우리 집에 온 지 1년 정도 지나 깨끗이 나았다.

그 이유는 수의사도 우리도 모른다. 그것은 일종의 기적이었다. 샤샤를 이전에 진찰해보지 않은 의사들은 그 사실 자체를 믿지 못했다. 그 후 남편은 의사의 진료나 처방에 불신과 회의를 갖게 됐다. "그때 의사 말만 듣고서 만약 샤샤를 영구 격리했다면 어떻게 됐을까? 상상만 해도 끔찍해." 태양이가 당뇨병에 걸린 사실을 알게 됐을 때도 남편은 말했다. "사람이 당뇨병에 걸렸다고 죽진 않아. 고양이도 마찬가지일 거야. 당뇨병 걸린 고양이가 3개월밖에 못 산다는 건 고양이 스스로 인슐린 주사를 놓을 수 없고, 식단을 조절할 수 없기 때문이겠지." 그렇게 남편의 낙관주의와 나의 자책이 결합해 태양이에 대한 돌봄 노동이 시작되었다. 그리고 남편의 말은 사실이었다. 태양이는 2013년 초 당뇨병 확진을 받고 현재까지도 매일 2회 인슐린 주사를 맞으며 잘 지내고 있다.

태양이가 당뇨 진단을 받은 뒤 내가 가장 먼저 한 일은 시간마다 혈당을 체크해 혈당 곡선을 그리는 일이었다. 최저점과 최고점을 찾아내고, 식전과 식후에 따라 오르락내리락하는 변동 주기를 알아내야 했기 때문이었다. 아이가 기계가 아닌 한 병원에서 처방하고 권고한 교과서적인 인슐린 투입량을 그대로 따를 수는 없었다. 천만다행으로 의사는 보호자와 환묘의 협력에 열린 태도를 가진 분이었다. 불신에 가까운 나의 불안을 그대로 받아주며 시시때때로 이어지는 질문과 상담을 마다하지 않았다.

당시만 해도 병원에선 인슐린 처방조차 꺼렸다. 반려인이 직접 주사해야 하기 때문에 일어날 수 있는 사고를 책임지기 꺼렸을 것이다. 지금은 의료 환경이 좋아졌지만 당시 나는 끈덕지게 사정한 끝에 인슐린 처방을 조절할 수 있었다. 태양이에게 맞는 최적의 인슐린 투입량과 안정적인 혈당 유지를 방해하는 요소들을 찾아내기 위해 꼬박 보름 동안 하루 두 시간 이상 자지 않고 공부하고 시험했다.

태양이의 혈당은 약 한 달이 지나자 안정화되었다. 나는 자신감을 갖고 식단 관리에 나섰다. 인터넷 등을 통해서 얻을 수 있는 정보, 특히 해외의 반려동물 커뮤니티에서 제시한 식단을 주로 실험했다. 이 과정을 통해 확신을 갖게 된 것은 생식이 혈당을 조절하고 영양을 공급하는 최고의 방법이라는 점이다. 특히 태양이의 경우 사료와 생식이 혈당에 미치는 정도가 심하게 대비되었다. 사료는 생식에 비해 최소 2배에서 5배까지 혈당을 높였다.

우리 아이들의 경우 절반은 생식을 잘 먹지만 절반은 입에도 대지 않는다. 식습관을 개선하는 건 무척 어렵다. 그것도 강제로 하는 경우엔 더욱 그렇다. 결국 어쩔 수 없이 다양성 식단을 꾸리게 되었다. 끼니마다 생식만을 강제로 먹어야 하는 아이(태양), 알아서 생식을 잘 먹는 아이(놀과 밍키), 생식과 사료를 번갈아 먹는 아이(샤샤와 초달), 사료만 먹는 아이(조롬과 밤비)를 구분해 식단을 꾸렸다. 사료 취향도 너무 달라 다양한 사료를 사다가 끼니 때마다 번갈아 먹여야 했다. 편식하는 경우엔 부족할 수 있는 영양을 따로 공급했다. 자연스레 각 사료의 특성과 성분을 기록하고 그 사료를 누가 좋아하는지를 기록하게 되었다.

단풍이가 떠난 후 나의 또 다른 일과는 고양이 배변 일지를 적는 것이었다. 배변의 상태로 고양이들의 건강 상태를 체크하려면 우선 횟수와 양을 기록해야 했다. 하루에 배설하는 똥과 오줌의 총량, 그리고 점검 시간과 특이 사항을 기록했다. 놀랍게도 매일 총량이 거의 일정하게 유지된다. 특이 사항이란 똥의 형태다. 설사나 그 밖의 특이점을 발견하는 경우를 말한다. 배변 일지를 매일 적다 보면 아이들 똥의 특징도 알게 된다. '이 똥은 놀 것이고, 이것은 초달 것이고…' 똥과 오줌의 횟수나 양이 줄거나 이상이 이틀 정도 지속되면 건강 상태를 관찰해야 할 고양이가 누군지 찾는다. 누군가 물을 덜 마시거나 음식을 덜 먹고 있다는 것이고, 건강에 적신호가 켜질 확률이 높다는 것이다.

같은 방법으로 매일 아이들의 몸무게를 기록하고 변화 추이를 살폈다. 그토록 싫어하는 양치질도 매일 하고 치석도 제거했다. 시간에 맞춰 애들 각각에게 맞는 영양제도 먹이고, 정기검진도 꼬박꼬박 받았다. 아이들 건강과 관련된 각종 논문도 읽기 시작했다. 그리고 모든 것을 기록했다.

이 일들을 나는 여전히 지속하고 있다. 그동안의 배변 일지, 태양이 주사 기록지, 생식과 식단 일지를 본 지인들은 혀를 내두른다. "너는 너무 완벽주의야." 반려동물과 함께 사는 것을 이해하지 못하는 지인들은 동물에만 매달려서 다른 것을 등한시한다고 걱정한다. 그 말은 사실일 것이다. 이건 미친 짓이다.

남편과 나 사이에 일어나는 극심한 분쟁의 원인은 대부분 고양이들 관리와 관련된 것이다. 나 혼자 모든 것을 감당할 수 없어 배변 일지나 태양이 주사 기록지 같은 것은 돌아가며 작성하는데, 내가 보기엔 남편이란 인간이 작성하는 기록에 허점이 너무 많은 것이다. 난 소리를 지르고 만다.

"똥 치우고 개수 세는 일도 건성으로 하지 말고 제대로 좀 해보라고!"

다른 것을 등한시한다는 얘기도 맞다. 다른 것을 챙길 여유가 내겐 없다. 자기 아이가 아픈데 친지나 이웃을 먼저 챙기는 사람은 없을 것이다. 나는 이것을 매우 당연한 것이라 생각해왔다. 그들도 분명 자기 자식이 아프면 세상에서 그보다 중요한 일은 없을 것이다.

내 아이가 아프니까 당신들에게 예전처럼 신경 쓸 여력이 없다는 의사를 표시했을 때, 친지나 이웃의 얼굴에 나타난 불쾌감을 봐왔다. 그들은 내게 터무니없는 것을 요구하는 것처럼 보였다. 그들은 고양이들 보다 자신들이 내게 더 가치있는 존재라는 걸 강요하는 것처럼 보였다. 그러나 그들은 내 아이를 돌보는 데 드는 품을 조금도 덜어줄 수 없는 이들이다. 똥을 세지도 못할 것이고, 주사도 못 놓을 것이다. 대체 친지나 이웃들이 내게 어떤 가치가 있단 말인가. 아픈 자식을 둔 부모에게 자식들보다 더 가치 있는 친지나 이웃은 없다. 옳고 그름의 문제가 아니라 냉정한 현실이다.

얼마 전 밤비가 세상을 떠났다. 그날은 부슬부슬 겨울비가 내렸다. 남편과 내가 마지막으로 밤비를 불렀을 때 밤비는 마지막 힘을 쥐어짜 우리에게 고개를 돌렸다. 나는 밤비가 나를 가장 깊이 이해하는 고양이였다는 생각을 지울 수 없다. 밤비는 알고 있었다. 단풍이의 죽음에 내가 자책하며 스스로를 가혹하게 몰아세우는 걸 알고 있었다. 밤비의 마지막 눈빛은 내게 얘기하고 있었다. "엄마, 이건 운명이야. 너무 애쓰지 마."

그 많은 기록을 남기고 유난을 떨었어도 고양이들이 죽는 것을 막을 수는 없었다. 고양이들이 나보다 먼저 세상을 뜨는 것은 자명한 사실이다. 그렇다면 내게 남겨진 것은 무엇일까? 요람에서 무덤까지, 아이들이 살아 있는 동안 최선을 다해 사랑하는 것, 그것 외에는 없다.

나는 이제 더 이상 배변 일지를 적지 않는다. 생닭을 갈아서 아이들에게 주는 일도 덜 하고 있다. 내 자책이 빚은 가혹한 노동에서 스스로를 놓아주고 있다. 우리 모두는 죽는다. 그 앞에서 담담하게 하루하루 살아갈 뿐이다. 우리 모두 사랑하기에도 시간은 너무 부족하다.

나는 너를 온전히
사랑할 수 있을까

밤비는 실로 다양한 소리를 내는 아이였다. 그것은 마치 언어 같았다. 밤비가 '오로롱' 소리를 내며 현관문 쪽으로 달음질쳤다. 밤비가 무언가를 유도하거나 안내할 때의 소리와 행동이었다. 이 '오로롱'은 음계 중 '솔라시' 높이로, 입을 벌리지 않고 비강 쪽을 울리면서 내는 허밍과 가장 유사하다. 벌써 몇 번째인지 모르겠다. 현관에 선 밤비가 엄마가 자기를 보고 있는지 고개를 돌려 확인한다.

"오늘은 안 돼, 밤비야. 너무 더워서 올 밤비 힘들 거야."

밤비를 위하는 척해보지만 통하지 않는다. 나는 밤비가 내 말을 다 알아듣는다는 걸 너무 잘 안다. 너무 잘 알기 때문에 밤비의 고집을 꺾을 수가 없다. 우리는 어쩔 수 없이 땀 흘릴 각오를 하고 집을 나섰다.

"밤비야, 밤비야, 신나, 신나?"

좋은 건 두 번씩 반복해야 한다.

하늘은 속절없이 파랗고 더위에 구름조차 미동하지 않는, 모든 것이 그만 정지해버린 여름 어느 날. 나와 남편은 밤비와 함께 냇가를 낀 산책로를 걸었다.

정오의 태양은 이글거리고, 밤비는 목걸이에 달린 방울을 경쾌하게 딸랑이며 짙은 삼색의 무늬를 맘껏 뽐내고 있었다. 영화에서 단독 신을 따낸 배우라도 된 양, 파리 새끼 한 마리 없는 독무대를 즐겼다. 그리고 그날따라 밤비의 산책은 느릿느릿 더뎠다.

밤비는 흙 밟는 것을 싫어하는 아이였다. 보도블록을 밟고서 길가에 핀 들꽃과 풀의 향을 꼼꼼히 맡으며 한 발씩 움직였다. 남편은 성미가 급한 사람이다. 마트에 가면 그는 늘 투덜거리며 빨리 가자고 보채는 사람이다. 지(가 다) 먹을 쌀 사느라 저쪽 구석탱이에서 포대를 이고 지고 종종걸음 치는 날 보면서도 계산이 늦어지는 게 짜증 나 눈썹을 팔자로 만드는 사람이다. 글로 이렇게 험담하니까 쪼끔 미안하면서도, 적잖이 시원하다.

그런데 그런 그가 도무지 움직일 것 같지 않은 밤비의 뒷모습을 바라보며 땡볕에서 땀을 삘삘 흘리고 있었다. 팔뚝이 빵처럼 구워지고 있었다. 그럼에도 채근하지 않고 하염없이 밤비를 바라보고만 있었다. 밤비가 한 발 나아가면 그도 따라 한 발 움직였다. 그렇게 남편과 나는 온몸이 녹아내릴 듯한 정오의 산책을 함께했다. 그날은 시간의 흐름이 멈춘 가운데 우리 셋만 세상에 남은 것 같았다.

나는 가끔 생각한다. 사람이 어떤 대상을 온전히 사랑할 수 있을까? 어떤 기대도 없이, 어떤 반영이나 투영도 없이, 상대를 있는 그대로 온전히 받아들일 수 있을까?

우리 집으로 들어온 지 얼마 되지 않은 아깽이 시절, 밤비는 이상하게도 배변 실수를 자주 했다. 고양이 화장실이 아니라 욕실 배수구에다 자꾸 오줌을 눴다. 욕실 배수구를 막으니 제 딴에는 음습하다 생각했을, 전선이 어지러이 얽켜 있는 책상 밑 구석에다 일을 봐서 식겁한 적도 있다. '고양이는 가르치지 않아도 알아서 대소변을 척척 가린다.' 책에서 보거나 남의 얘기로 듣던 행태와 달랐으니 초보 집사인 나로서는 처음으로 큰 난관에 봉착했다.

'아이가 이상한 것인가? 대소변 가리는 교육이 필요한 아이인가? 너무 어릴 때 어미와 떨어져 기본적인 교육을 받지 못한 탓일까?' 고양이와 함께한 지 얼마 되지 않은 우리는 이런 생각들로 전전긍긍, 노심초사 하며 각종 방법을 강구했지만 소용없었다.

남편은 교정 욕구가 강한 사람이다. 밤비를 붙잡고 배변 교육을 하려고 했다. 밤비가 애먼 곳에 오줌을 눌 때면 앉혀놓고 야단을 쳤고 급기야 화를 냈다. 밤비는 어리둥절한 표정으로 남편을 바라보곤 했다. 쉬를 하는 듯한 자세만 취해도 밤비를 냉큼 들어다 화장실에 데려다주기도 했다.

그래도 소용없었다. 어느 날 화가 머리 끝까지 치민 남편은 욕실에 있던 작은 플라스틱 대야를 내동댕이쳤다. 그런데 그게 하필이면 놀라서 도망치던 밤비의 대퇴부를 강타했다. 나는 경악해 말을 하지 못했다. 당사자인 남편 또한 아연실색 해 낭패감과 곤혹스러움으로 얼굴을 일그러뜨리고 두 손으로 머리를 쥐어뜯으며 자기 방으로 들어가 문을 닫았다. 몇 시간 후에 방에서 니온 남편은 나에게 이렇게 말했다. "내가 잘못했어. 무엇에 홀렸는지 내가 집착한 거야. 내 방식

73

을 따르지 않아 화가 났어. 내 교육이 번번이 실패하는 걸 스스로 받아들일 수 없었던 거고, 밤비를 인정하지 않은 거야. 오줌을 배수구에 싸고 싶다면 그렇게 하게 두는 게 옳아. 괜히 그걸 교정해야 할 문제라고 바라본 내 잘못이야. 나 이제 교정 같은 것은 관둘래."

그랬다. 그것은 밤비의 문제가 아니었다. 밤비는 문제적 아이가 아니었다. 다만 우리가 이해하고 감내해야 할 것이 있을 뿐이었다. 밤비는 우리가 수세식 변기를 사용하는 것을 관찰한 뒤 자신도 그것을 이용하고 싶어 했다. 나는 밤비에게 전용 소변기를 사주었다. 그 후부터 밤비는 줄곧 그 작고 예쁜 소변기에 작은 일을 보고, 큰 일은 욕조에서 봤다. (밤비 전용 소변기는 하필 형태나 질감이 욕조와 실로 흡사했다, 젠장.)

"밤비는 참 깔끔해. 대소변을 가려 누다니. 똥도 어쩜 이렇게 이쁠까!" 교정하기를 내려놓은 남편의 찬양이다. 남편이 교육자가 아닌 게 참으로 다행이다. 그의 교육에 일관성이란 전무하기 때문이다.

이 경험은 남편에게 크나큰 감응을 주었던지 나에게도 같은 방식을 적용하기 시작했다. 그 무엇에도 내가 하는 일에는 '관리질'을 하지 않게 된 것이다. 남편은 내가 다 태운 밥을 줘도 얻어먹는 입장임을 냉철하게 자각하고 군말 없이 먹는다. 돈 천을 들여 거지 깽깽이 같은 가방을 사고는 "이거 2만 원 주고 샀어" 하면 고개만 주억대고 만다. 이 옷 입으라면 이 옷 입고, 저 옷으로 갈아입으라면 로봇처럼 갈아입는다. 대신 사소한 데서 좀 삐뚤어지는 경향이 있어서 진짜진짜 별거 아닌 일로, 예를 들어 내일이든 모레든 쇠털같이 널

린 날 중 아무 때나 처리해도 될 집안 대소사 일정을 갑자기 체크하며 나를 몰아붙였다. 나는 궁지에 몰려 늘 마지막엔 울음을 터트리며 내 잘못이 무엇인지 고하고 반성해야만 했다. 그랬던 그가 밤비를 이해하면서 나를 이해하기 시작했다나 뭐라나. 뭐 그냥 방임 수준이지만. 어쨌든 밤비에게 마음을 완전히 열게 된 후 남편은 퇴근하면 늘 밤비부터 찾았다.

"난 '행복'이라는 걸 몰랐어. 즐겁다, 기분 좋다는 감정은 알았는데, 사람들이 행복을 말할 때면 그게 뭔지 전혀 실감할 수 없었지. 그런데 이제는 알겠어. 문을 열고 들어설 때 누군가가 거기 있다는 것, 사라지지 않고 그 자리에 있다는 안도감, 갑자기 등 뒤까지 따라온 현실이 순식간에 저 멀리 사라지는 것, 저절로 눈앞이 환해지면서 웃음 짓게 되는 것, 그것이 행복이야."

남편의 첫사랑은 그렇게 시작되었다. 남편의 첫사랑은 내가 아니라 밤비였다. 나는 그 사실이 너무 맘에 든다. 너무너무 기쁘다. 분명한 것은 밤비는 남편을 더 나은 인간으로 만들어줬다는 거다. 그것도 사랑의 힘으로. 나의 설득과 논리는 소용없는 것이었다. 나도 사랑으로 한 건데… 쩝. 당신의 첫사랑, 완전 인정해, 지지해. 둘이 '영사' 해!

남편은 좀비가 득실대는 세상을 다룬 영화 <플래닛테러>에 나오는 남자 주인공의 대사를 좋아했다.

"커플이란 한편이 되어 세상과 맞서는 것이야."

한여름의 그날, 밤비와 남편과 나는 인간은 다 죽고 좀비들만 남은 세상에 살아님은 유일한 커플 아니, 트리플이었다.

고양이는 조건 없이
우리를 위로한다

프로이트는 우리가 유독 고양이를 사랑하는 이유는 고양이란 존재가 자기 충족적으로 보이기 때문이라고 말했다. 자기충족적이란 게 대체 뭘까? 자기 외부에서 삶의 이유나 의미를 찾지 않는 완전무결한 상태를 뜻하는 것일까? 고양이가 그런 완전체인지 아닌지 모르겠으나 적어도 인간은 그럴 수 없는 존재다.

인간이 행동하는 동기의 대부분은 외부의 자극으로부터 주어진다. 인간은 외부의 비교 대상을 통해 자신의 부족이나 결핍을 느낀다. 늘 외부의 대상을 욕망하는 존재다. 만약 자기 충족적이라는 것이 순전히 내적 동기에 의해서만 행동하고 만족할 수 있는 상태를 말한다면 고양이는 확실히 자기충족적인 존재처럼 보인다.

고양이는 반려인을 주인으로 생각하지 않으며 주인의 욕망에 대해 무심한 것처럼 행동한다. 주인이 불러도 달려오지 않으며, 자기가 원할 때만 주인을 찾는다. 고양이는 다른 고양이가 가진 것을 부러워하거나 주인이 가진 것들을 그렇게 부러워하는 것 같지도 않다.

고양이는 '야생성이 살아 있는 반려동물'이다. 인간과 매우 가까이 지내지만 끝내 인간의 삶에 길들여지지 않는다는 의미다. 생텍쥐페리의 <어린 왕자>에서는 길들여진다는 것에 대해 서로가 지극히 의미 있는 존재로서 관계를 맺고 서로 의존적이 된다는 것을 의미한다고 말한다. 그런 측면에서라면 고양이가 길들여지지 않는다는 것은 반은 맞고 반은 틀린 얘기다.

고양이와 인간은 서로에게 의미 있는 존재가 될 수 있다. 그러나 그것이 서로의 결핍을 채워준다는 의미는 아니다. 고양이를 통해 결핍을 채우려는 쪽은 언제나 인간이다. 고양이는 상대적 결핍을 모르고, 인간의 욕망에 무심하며 단지 자신의 내적 욕망에 충실한 삶을 살아간다. 그 이유로 인간은 고양이를 사랑하게 된다. 왜냐고?

상대적 결핍을 채우고 보상받으려는 인간의 삶은 불우하고 피로하기 마련이다. 인간은 언제나 타인의 재산, 타인의 재능, 타인의 외모, 타인의 권력을 부러워할 수밖에 없는 존재다. 또한 상대에게도 자신이 욕망의 대상이 되기를 원하는 존재이므로 그 시선의 구속으로부터 때때로 자유롭고 싶어 한다. 그러나 그것은 불가능하다. 불가능하기 때문에 자기 충족적으로 보이는 고양이를 동경하고 좋아하는 것이다.

최근에는 고양이와 본인을 동일시하는 사람이 부쩍 많아졌다. '나도 고양이처럼 살고 싶어'라거나 '나도 고양이가 되고 싶다'고 생각한다. 나이 많은 세대가 보면 참으로 철없고 지나치게 유아적인 발상이라고 말할지도 모른다. 그러나 인간은 고양이의 '완전함'에서 동일시할 수 있는 나르시시즘을 발견하고 이 동일시를 통해 상상의 세계에서 자신을 되찾는다.

인간이 할 수 있는 것은 외적 시선과 비교에서 발생한 결핍에서 탈출하는 삶이 아니라 그저 고양이와 자신을 동일시하는 나르시시즘에 빠지는 것이다. 그것은 유치하지 않다. 인간은 고양이를 곁에 두고 지켜보면서 자신도 최대한 고양이처럼 외적 요인에 휘둘리지 않는 내적으로 충만한 삶을 살아보고자 노력하는 것이다.

고양이를 목줄에 묶어둔다면 '어떻게 고양이를 묶어둘 수가 있어!' 하며 격분할 사람이 꽤 될 것이다. 그 이유는 어쩌면 인간이 희구하는 자유의 가치, 이상주의가 학살당한다는 느낌 때문일지도 모른다. 고양이는 자신을 향유한다. 따뜻한 햇살을 쬐며 졸고 있는 고양이, 털을 하염없이 고르며 그루밍 하는 고양이에게서 우리가 느끼는 것은 온전히 자신에게 집중하며 자기 자신을 완전히 소진해가는 삶이 주는 평화로움이다.

이런 이유로 고양이는 여전히 우리 곁에서 살고 있어야 한다. 우리가 소시지를 들고 다가설 때 우리에게 "햇빛 좀 가리지 말고 옆으로 짜져 있으라냐옹" 할 줄 아는 고양이는 우리 삶에 늘 있어야만 한다.

내 인생에서 고양이는 가장 완벽한 선물이다. 알베르트 슈바이처는 이렇게 말했다. "삶의 비참함에서 벗어날 수 있는 두 가지 방법이 있다. 그것은 음악과 고양이다." 이 말에 완전히 공감하고 감동할 수 있는 사람은 고양이 반려인밖에 없을지도 모른다. 삶의 비참함이나 고난으로부터 우리를 다시 북돋우고 우리 자신이 누구인지를 깨달으며 스스로에 대해 새롭게 긍정하는 것을 우리는 '힐링'이라 부른다. 내가 지쳐 있을 때 넉넉하고 포근한 몸으로 나를 안아준 놀, 울고 있을 때 내 몸에 한없이 부드러운 꼬리를 갖다 대던 밤비, 내 젖은 머리를 핥아주던 초롬, 혼잣말로 넋두리하던 내게 대꾸해주던 샤샤, 근심과 걱정에 꼼짝없이 사로잡혔을 때 특유의 천진함으로 나를 웃게 만들고 해방시켜주는 밍키, 무심함과 잘생김으로 늘 새로운 감동을 안겨주는 태양, 캄캄한 밤 사념에 빠진 나를 끄집어 일으켜주던 단풍, 내가 이 세상에서 가장 중요하게 해야 할 일은 밥을 주는 것이라는 사실을 늘 상기시켜주는 초달.

고양이는 확실히 인간을 위로한다. 인간은 고양이를 사랑할수록 고양이에게 더 큰 위로를 받는다. 평생 동물이라면 무서워할 줄밖에 몰랐던 한 지인은 우연한 기회에 고양이와 반려하고부터 집에 돌아오면 가장 먼저 고양이의 몸에 손을 얹는다고 한다. 부드럽고 푹신한 털을 가진 친구에게 손을 올려놓기만 해도 종일 바깥에서 시달린 몸과 마음이 단번에 정화되는 듯한 느낌을 받는다고 한다.

프랑스 철학자 자크 데리다는 긍정의 'Yes'는 두 번 말해져야 한다고 했다. 즉 'Yes'가 아니라 'Yes, Yes'여야 한다는 것이다. 왜 두 번이어야 할까? 연인이 내게 '날 사랑해?'라고 묻는 것을 상상해보자. 아니, 내가 연인에게 '날 사랑해?'라고 묻는 것을 상상해보자. 내가 듣고 싶은 대답은 무엇일까? 그것은 'Yes'로는 부족하다.

우리가 사랑하느냐고 물을 때는 조건 없는 완벽한 긍정을 요구하기 때문이다. '사랑해?'라고 물을 때 묻는 자는 다음의 의미를 감추고 있다. '(지금의 내 모습을) 사랑해?' 그러므로 그 물음은 또한 다음의 질문을 내포하고 있다. '(내 모습이 달라져도) 사랑해?'인 것이다. 지금은 물론 미래의 어떤 변화에도 불구하고, 어떤 예기치 못할 사태에도 불구하고 사랑한다는 것이야말로 완전한 긍정이다.

'사랑해?'라는 질문은 하나이지만, 응답은 두 개여야 하는 것이다. '사랑해, 사랑해'야말로 진짜 긍정이 될 수 있다. 우리는 고양이라는 인생의 선물에 대해 최선을 다해 사랑할 수 있을 뿐이다. 고양이에게는 언제나 'Yes, Yes'다.

오늘도 너희에게
연대를 배운다

고양이와 살 부대끼며 사는 사람이 아니라도(랜선 집사 포함^^) 집 바깥의 고양이가 내는 울음소리를 종종 들은 적이 있을 것이다. 서로 경고를 날리는 날카로운 소리, 격한 다툼 소리, 교미를 원하는 소리, 그 밖에 정체를 알 수 없는 소리들은 대체로 한밤중 고요한 길에서 울려 퍼진다. 그래서 인간이 느끼는 데시벨이 무지 높다. 길고양이를 동네를 시끄럽게 만드는 괴랄한 존재로 인식하는 이유 중 하나다. 소리를 내는 상황과 의미를 모를 테니 불편하고, 그 불편함은 불쾌함을 일으키기 마련이다.

고양이들이 제대로 격투를 벌일 때 내는 소리는, 취침 전 멍하게 SNS 피드를 쭉쭉 내리는 인간을 침대에서 벌떡 일으켜 세울 정도로 공포스럽다. 싸우는 이유는 다양하다. 고양이는 자기만의 고유한 영역을 좋아한다. 그 영역을 침해당하는 것을 극도로 싫어한다. 고양이는 인간만큼이나 개인주의 성향을 갖고 있다.

인간은 사적 소유권 제도를 만들어놓고 그 영역에 대해 끊임없이 분쟁과 갈등을 벌인다. 돈으로 소유권을 사거나 법적 분쟁과 제도를 통해, 때로는 폭력을 동원해, 심지어 전쟁을 일으키며 영역 다툼을 벌인다. 확실한 것은 인간에 비하면 고양이는 영역 다툼을 훨씬 덜 벌인다는 것이다. 자기 영역을 침해했다고 해서 무조건 발톱과 이빨을 드러내며 싸우는 것은 아니라는 얘기다.

수컷들은 암컷 고양이의 배란기에 다툼을 벌이기도 한다. 그러나 그 다툼조차 인간의 다툼보다 격렬하지는 않다. 고양이는 3~5개의 난자를 동시에 배란하는 '토끼형 배란'을 하는 것으로 알려져 있는데, 토끼형 배란은 교미의 횟수에 비례해 임신의 성공 확률이 높다. 배란기가 짧은 탓에 암고양이는 여러 마리의 수고양이와 짝짓기를 반복하기도 한다. 따라서 한 배에서 태어난 새끼의 아비 고양이가 모두 같다고 할 수 없다.

고양이의 연애와 짝짓기에서 발정은 생물학적 행위에 지나지 않지만 그 관계는 인간보다 훨씬 다양하다. 일부일처제에 연연하지 않고 처한 상황과 조건에 따라 자유롭게 관계를 맺는다. 그러므로 짝짓기를 위한 수고양이들 사이의 다툼도 인간만큼 격렬하거나 요란하지 않다. 인간은 섹스와 연애에 서 배타적으로 독점하려는 경향을 가지고 있다. 한편으론 가급적 많은 상대와 하고자 하는 자기 확장적 욕망으로 성을 전쟁터에 버금가는 상황으로 만든다.

캣맘이나 캣대디라면 누구나 공감할 수 있는 얘기가 있다. 고양이들은 다툼을 벌이기도 하지만 그보다 훨씬 더 많이 돕고 산다는 사실이다. 나는 당연하게도 밥을 먹으러 오는 동네 고양이들을 전부 알고 있다. 한 지역에서 꾸준히 밥을 주면 누가 그 지역의 대장 고양이인지, 누가 임신 했는지, 새로 태어난 새끼가 누구의 자식인지, 최근에 등장한 고양이는 누군지 알게 된다.

길고양이들에게 밥을 주면 무리 중 밥을 먹는 순서가 있다는 사실도 알 수 있다. 우선 그 동네의 가장 어린 고양이들이 달려들어 밥을 먹는다. 이 어린 고양이들은 누구의 눈치도 보지 않는다. 어른 고양이들은 어린 고양이와 조금 떨어져 주위를 경계하며 이 천둥벌거숭이들이 배를 두드리며 물러나기를 기다린다.

독특한 것은 무리의 대장인 수고양이다. 수고양이는 밥그릇과 가장 가까운 거리에 앉지만 먹이에 입을 대지는 않는다. 어린 고양이들이 밥을 다 먹고 물러난 뒤 다른 고양이들이 밥을 먹을 때도 좀처럼 입을 대려 하지 않는다. 처음엔 대장 고양이의 개인적 성향이라고 생각했다. 그러나 지역을 옮겨 다니며 반복해서 관찰한 결과, 대장 고양이의 행동은 개체적 성향을 불문하고 공통적이다. 대장 고양이는 밥 먹는 질서를 잡고 있는 것이다. 차례를 어기려는 고양이가 있으면 나서서 위협하거나 가볍게 제압한다. 대장 고양이가 주위에 없을 경우 다른 고양이가 그 역할을 대신하는 모습도 목격했다. 과장이나 미화가 아니다.

내가 사는 동네는 1분만 걸어 나가면 해변이 있고, 집 앞엔 하천이, 집 뒤엔 산이 있다. 그래서 해변에서 오는 아이와 하천을 낀 마을에서 오는 아이와 산에서 오는 아이 등 다양한 고양이들이 급식소에 찾아온다. 급식소의 대장 고양이는 급식소 주변을 주 활동지로 삼은 수고양이다. 그 아이는 내가 나타나면 나를 호위하며 밥그릇 있는 곳까지 껑충껑충 뛰어 안내한다. 밥그릇에 건사료나 습식사료를 담기 시작하면 꼼짝 않고 경계병처럼 보초를 선다. 갓 태어난 새끼 고양이와 수유 중인 고양이, 그리고 임신한 고양이들이 가장 먼저 사료를 먹기 위해 달려온다.

그들이 물러나면 뒤에 있던 고양이들이 하나둘 다가와 밥을 먹는다. 고양이들은 항상 밥을 조금이라도 남긴다. 심지어 대장 고양이가 전혀 먹지 않는 경우도 많이 봤다. 물론 어딘가에서 밥을 먹었기 때문에 입을 대지 않은 것일 수도 있다. 어쩌면 대장 고양이는 직접 사냥을 해서 배를 채우는 것을 그의 자존심과 명예로 여길지도 모르는 일이다.

강원도의 펜션 단지에 살 때 만난 태비 길고양이 늠름이는 집 근처만이 아니라 상당히 넓은 반경을 순찰하는, 말하자면 여러 지역을 관할하는 대장 고양이였다. 남편은 늠름이를 '고양이 왕'이라고 불렀다. 녀석이 집 앞마당에 도착하면 주변에 있던 고양이들이 모두 몰려들었다. 녀석이 불러 모은다고 밖에는 할 수 없었다. 모여든 고양이들 중에는 주변에 살고 있었으나 내가 미처 보지 못한 고양이도 많았고 어린 새끼들도 있었다.

늠름이와 비슷한 시기에 우리 집을 찾아오기 시작한 또 다른 수고양이가 있다. 푸석푸석한 털과 허연 각질로 더께가 앉은 귀, 얼굴을 가로지르는 흉터. 한눈에 봐도 산전수전 공중전까지 겪은, 늙은 치즈 태비 고양이였다. 그 고양이는 느리고 기력이 없었다. 늙은 고양이와 늠름이의 방문 시간은 일치하는 경우가 잦았다. 그러나 갈등 한번 없었다. 늠름이는 늙은 고양이에게 따로 내어주는 밥그릇을 체크하고 멀찍이 떨어져 선다. 늙은 고양이도 응당한 일이라는 듯 늘 무반응으로 일관하며 찬찬히 밥을 다 먹곤 잠시 쉬다가 타박타박 멀어져갔다. 원래부터 아는 사이 같기도 했다.

그렇게 녀석은 내 집 앞마당에서 내가 준 사료로 동네 잔치를 벌였다. 하하하. 자신은 호스트답게 아주 조금밖에 먹지 않았다. 녀석의 눈빛은 총명했고 그 자태 또한 늠름하고 당당했다. 비록 녀석의 얼굴과 몸에는 지푸라기, 덤불의 깨알같은 열매들, 숯 검댕 같은 온갖 모험과 여행으로 인한 피로의 흔적이 묻어 있긴 했지만. 남편의 말대로 늠름이는 백성들이 안전하게 살 수 있는 영토를 확보하고 백성들에게 은혜를 베푸는 왕처럼 보였다.

나는 녀석이 왜 그렇게 미친 듯이 매일 원을 돌듯이 이 지역을 순찰하는지, 왜 고초를 무릅쓰고 더 넓은 곳으로 나아가려 하는지 이해하기 위해 애썼다. 어쩌면 녀석의 탐험은 자기 백성이 더 넓은 영토에서 살 수 있게, 더 나은 영토가 없는지, 배 곯고 있는 백성은 없는지 물색하기 위한 것인지도 모른다. 그 녀석은 다른 집의 앞마당에서도 동네 잔치를 벌일 게 틀림없었다.

인간의 눈에 가족은 혼인이나 혈연으로 만들어진 관계다. 그래서 고양이 가족도 어미와 자식 간의 관계만으로 한정해 보게 된다. 그러나 내가 관찰한 바에 따르면 길고양이에게 가족은 보다 폭넓고 확대된 개념이다. 새끼들을 보살피고 젖을 먹이는 생물학적 친모는 있지만 양육은 고양이 공동체의 몫이다. 대장 고양이나 다른 수고양이들은 사실 자신의 친자를 잘 알지 못한다. 모든 고양이는 다음 세대를 보호하고 공동으로 양육을 책임진다. 적어도 내 경험에 따르면 그렇다. 그것은 나이 들거나 장애를 가진, 약하고 소수인 고양이에게도 공통으로 적용된다.

그 책임의 정점에 '고양이 왕'과 같은 상징적 존재가 있다. 고양이 왕이 담당하는 사회적 기능은 인간 사회가 만든 권력 구조와는 상당히 다르다. 정교한 문명으로 공들여 직조한 인간 사회에서 일어나는 온갖 끔찍한 뉴스를 보며 생각한다. 인간 사회에도 고양이 왕과 같은 상징적 존재가 간절히 필요하다고.

사념에 골몰하려는 찰나, 초롬이의 보드랍고 연약한 뺨이 맨다리에 닿는다. "엄마, 뭐가 문제야? 내가 도와줄게." 이렇게 나는 오늘도 고양이에게 연대를 배운다.

고양이는 내 새끼

태양이가 여덟 살 되던 해 당뇨병이 찾아왔다. 나와 남편에게는 큰 변화가 생겼다. 하루 두 번 태양이에게 인슐린 주사를 놓고, 생식을 만들어 먹이며 자율 급식을 제한 급식으로 바꾸게 된 것이다.

단 두 가지만 바꿨을 뿐인데 우리의 생활리듬은 완전히 달라졌다. 라이프스타일도 변했다. 나와 남편은 한 달에 두 번이상 다니던 캠핑을 끊었다. 여행을 갈 때도 함께 간 적이 없다. 하늘이 두 쪽 나도 한 명은 집에 남아 태양이에게 주사를 놓고 아이들에게 급식을 해야 했다. 명절이나 가족 행사 때문에 멀리 나가야 하는 것도 고역이었다. 아픈 아이를 놔두고 잠시나마 콧바람을 쐬러 다니는 일에도 죄책감이 들었다. 우리는 모든 생활을 태양이에게 맞췄다. 그럼에도 더 헌신하지 못하는 나를 몰아붙였다. 자책이 나를 갉아먹었다. 꽃이 피고 지는 줄도 몰랐고, 오래도록 애정을 쏟은 가수가 큰 상을 탔다는 데도 관심 없었다. 사실 나는 버거웠고 모든 상황이 우울했다. 그걸 자각했을 때조차 '아픈 건 태양이지, 내가 아니다'라며 스스로를 다잡았다. 그러던 어느 날 남편이 이렇게 말했다.

"평소에 당신이 태양이를 어떤 눈으로 보고 있는지 알아? 엄청 애처롭게 보고 있다고. 내가 태양이라면 엄마가 나한테 그렇게 매달리고 희생하는 게 부담스러울 것 같아. 너무 부담스러워 그냥 내가 죽어버리는 게 낫다고 생각할 것 같아."

충격이었다. 태양이가 스스로를 어떻게 여길지, 내가 어떤 시선으로 태양이를 보고 있는지 한 번도 생각해본 적이 없었다. 고양이는 상대에게 동정을 바라지 않으며 스스로를 동정하지도 않는다. 나는 죄책감에서 조금씩 벗어났고 태양이와의 관계에서 기쁨과 행복만을 생각하기로 했다. 돌보다 지치면 남편에게 맡기고 여행을 떠날 수도 있게 되었다. 그런데 더 큰 변화가 있었다. 가족에 대한 생각이 바뀐 것이다.

남편과 내가 고양이와 함께하기 시작했을 때부터 시댁 식구들은 고양이에게 호의적이지 않았다. 아주 못마땅하게 여겼고 표현도 거침이 없었다. '동물은 키워봤자 소용이 없다'는 것이 그 이유였다. 한번은 시어른들이 우리 집에 오신 다음 날 태양이가 갑자기 자취를 감춘 사건이 일어났다. 시어른들은 며느리한테 못 들을 소리 들을까 봐 발을 동동 구르며 한나절을 찾았다고 했다. 그토록 찾아도 대답 한번 없이 '숨어 있던' 태양이는 내가 퇴근하기 한 시간 전 침대 헤드 뒤에서 발견되었다. 시어른은 "불러도 대답도 안 하는 게 뭔 놈의 자식이라고 어화둥둥 내 새끼냐" 하며 비아냥댔다. 지당

하신 말씀이었다.

나는 눈물을 참으며 겁먹은 태양이를 부둥켜 안았다. "우리 태양이가 왜 그랬을까? 거기가 편했던 거야? 태양이는 잘 못 한 거 없어. 태양이에게는 대답하고 싶지 않으면 대답하지 않을 권리가 있어." 눈동자 가득 은하수를 품은 태양이가 "에, 에" 대꾸했다.

시어른들은 우리에게 '사람 자식'이 없어서 더더욱 고양이와 함께 사는 걸 싫어했다. 고양이에 빠져서 애를 안 낳는다, 왜 니들은 남들처럼 안 사느냐, 뼈 빠지게 자식 키워봐야 소용없네, 애를 낳아보면 얼마나 예쁜지 아느냐 고양이랑은 비교가 안 된다. 하다 하다 이러니 나라가 이 모양이라고도 했다. 아무 말 대잔치였다. 호통, 반협박, 조롱, 하소연이 총동원됐다. 핵심은 한결같았다. 고양이만 없으면! 우리에게 완벽한 인생이 뙇! 펼쳐진다는 것이다.

나는 언제나 '고양이는 내 자식과 같은 존재'라고 말했지만 그 말이 시댁이나 친정 식구들에게 얼마나 가 닿았는지 모르겠다. 아마 이해하지 못했을 것이다. 굳이 이해를 바란 것은 아니었다. 종교가 다르고 정치적 견해가 달라도 가족으로서 무난하게 행복한 그림을 그릴 수 있다. 하지만 '사랑하는 것을 이해하지 않겠다'는 것은 다른 문제다. 우리가 종교가 다르고 정치적 견해가 달라도 더불어 살아갈 수 있는 까닭이 '서로 사랑하고 있다'는 믿음에 기반하고 있기 때문이다. 사랑을 이해시키는 게 가능할까, 나아가 내 삶을 이해시킬 필요가 있을까.

남편은 젊을 때부터 자식을 만드는 게 싫다고 입버릇처럼 말했던 사람이다. 결혼할 때도 자식을 낳지 않겠다고 내게 말했다. 예나 지금이나 그 신념을 지키는 사람이고 한 번도 흔들림이 없었다. 나로 말할 것 같으면 한때는 자식을 낳아 기르고 싶었다. 하지만 딱 한 차례 시도하고 사람 아이에 대한 생각을 깨끗이 접었다. 이제는 아이를 낳을 의지도 없으며 능력도 되지 않는다.

태양이가 당뇨병에 걸린 뒤 하루에 두 번 주사를 놓으면서, 명절이 되면 나는 우울해졌다. 시댁과 친정에 가야 한다는 사실이 부담스러웠다. 특히 시댁은 명절이 되면 무조건 가야 하는 곳 아닌가? 하지만 가기 싫었다. 시간 맞춰 태양이에게 주사를 놓고, 밥을 먹이는 것보다 더 중요한 일은 없었기 때문이다. 시댁이 나의 그런 사정을 알아줄 리 만무했다. 헛선심으로 데리고 오라고도 했지만 이동하는 데 따른 스트레스와 낯선 환경은 태양이의 건강에 악영향을 줄 뿐이라서 재고의 여지가 없다.

"병에 걸렸으면 갖다 버리는 게 낫지"라는 말을 내게 한 적도 있다. 모진 말을 들은 나는 냉소적으로 대꾸했다. "그러게요. 늙고 병들면 갖다 버려야 하는데 왜 이렇게 매달리는지 저도 모르겠네요." 내 말이 당신들을 향한 말이라는 걸 시어른들도 알고 나도 알았다. 병든 고양이를 갖다 버릴 수 있는 사람이라면 부모라고 못 버릴까 싶었다. 저보다 약한 존재에게 뭔들 못 하랴.

어느 날 시댁에서 명절을 지내고 돌아와 남편이 내게 이렇게 말했다. "우리 고양이들이 꼭 장애아들 같다는 느낌이 들어. 장애아를 키우는 부모의 심정을 조금은 이해할 것 같아."

종종 시어른들은 이렇게 말했다.

"비교할 것을 비교해라. 고양이와 사람 자식을 어떻게 비교해. 아무렴 사람 자식만 할까." 남편은 이 말에 거부감이 든다고 했다. 나도 거부감을 갖고 있다. 왜 거부감이 드는 걸까? 왜 이런 말을 들으면 우울해지는 것일까?

남편은 말했다. "자식이 어릴 때는 부모가 자식을 보살피잖아. 자식이 크면 부모를 보살피게 되고. 그런 상호교환이 고양이와 사람 사이에서는 성립하지 않기 때문일 거야. 가족들 사이에서 사람 구실을 한다는 게 뭘 의미할까? 우리가 고양이를 아무리 자식이라고 여겨도 교환이 없기 때문에 무용하다고 생각하는 거지." '대답도 안 하는 게 뭔 놈의 자식이라고'라는 말을 들었을 때 속으로 삼킨 말이 떠올랐다. '번듯한 자식 노릇 못(안) 한다고 자식이 아닌 건 아니지 않아요?' 남편은 한껏 우울한 표정으로 이야기를 계속했다.

"그렇게 생각하는 사람들이 심각한 장애를 겪거나 불치병을 앓는 아이에 대해선 어떻게 생각할 거 같아? 부모보다 먼저 죽을 것이 확실하고 부모를 보살피기는커녕 평생 보살핌을 받아야 하는 아이라면 고양이와 같지 않을까? 고양이에 대해 그렇게 말한다면, 어쩌면 우리가 장애아를 키울 때도 그렇게 생각하지 않을까? 대놓고 말은 하지 않겠지만 정상인 아이를 낳으라고 압박하지 않을까?"

나는 남편의 기분을 충분히 이해했다. 우리는 다른 가족들에게 인정받지 못하는 '가족 바깥의 가족'인 셈이다. 그렇다면 나와 남편과 나의 고양이들은 다른 가족들에게 인정받기 위해 어떻게 해야 할까?

고양이들은 사람처럼 '인정 투쟁'을 하지 않는다. 나는 고양이들을 따르기로 했다. 나 또한 다른 가족들에게 나의 고양이들을 인정해달라고 할 필요도, 이유도 없다. 인정받기 위해 아무것도 하지 않기. '대환장 파티'를 끝내기 위해 내가 선택한 방법이다. 대신 사랑의 우선 순위에 항상 고양이가 가장 위에 있다는 것을 티내며, 이를 알려주기 위해서는 생각보다 굳센 각오와 전투적인 실행력이 필요하다. 경우에 따라서는 무언가를 놓아버리게 만들고 멀어지게도 하기에 외롭기도 하고 씁쓸하기도 하고 자잘하게 신경을 긁는 경우도 생긴다. 그러나 나는 담대하고도 씩씩하게 나아가기로 했다. 사랑하는 내 고양이들과 함께.

"쟤네들은 부모보다 고양이를 더 귀하게 생각한다"고 힐난해도 이제는 더 이상 부정하거나 변명하려 들지 않는다. "자식보다 더 중한 것은 없지요. 안 그래요. 아버님~." 결국 요즘 어르신들은 희한한 쪽으로 방향을 선회했다. "인생 뭐 있냐, 느그 둘이 행복하게 살면 됐지. 그치만 니네가 힘드니까 고양이 수를(?) 줄이거라."

우리 부부와 고양이들은 혈연가족이 아니다. 사랑으로 묶인 공동체. 혈연이나 다른 의미를 부여하지 않는 이 관계는 나에게 훨씬 강고하다. 고양이와 우리는 '오래 참고 온유하며 무례히 행하지 아니하며 자기의 유익을 구하지 않고 모든 걸 감싸주고 믿는', 피보다 진한 사랑 속에 있다.

과연 우리는
연결되어 있는가

서울에서 10여 년, 경기도에서 4년, 그리고 강원도에서 5년 남짓을 살았다. 내 인생에서 고양이와 함께 산 기간만을 꼽은 것이다. 고양이는 일곱에서 여섯으로 줄어들기도 했고, 일곱에서 여덟로 늘어나기도 했다. 그 기간에 나는 우리 집 아이들과 함께 지내면서 언제나 바깥의 아이들을 생각했다. 바깥의 아이들 중 아롬, 봄비, 양갱, 꼬꼬마, 마추, 여울, 루비 등은 다른 반려인과 함께하게 되면서 이름이 생겼지만 끝내 이름이 붙여지지 않은 아이들도 있다. 달이라는 이름의 아이는 남편과 내가 이름을 붙였으나 끝내 우리가 품지도, 입양을 보내지도 못한 아이다. 나는 바깥의 아이들을 집으로 들이지 못하는 것이 늘 미안했고 마음 아팠다.

고양이와 살게 되면서 내 눈에는 위험한 아이들이 자꾸 눈에 띄었다. 쏙우가 쏟아지는 장마철이면 어김없이 바깥에서 어린 고양이들의 구조 신호가 들려왔다. 봄가을이라고 예외는 아니었다. 이때야말로 아깽이 대란이 펼쳐지기 때문이다. 크리스마스에 오는 눈조차 싫어하게 되었다. 퇴근길에는 '제발 오늘은 고양이가 내 눈에 안 보이기를…' 하고 염원하며 골목을 지날 때도 있었다.

서울 정동에서 직장을 다닐 때 나는 길고양이 구조를 처음으로 시도한 경험이 있다. 돌이켜 생각하면 난이도 10점 만점 중 15점의 현장이었지만 레벨이 더 높았더라도 뛰어들었을 것이다. 그리고 이 일은 나에게 생애 최초의 트라우마를 남겼다. 지금 이 글을 쓰면서도 심히 고통스럽고 괴롭다. 죄책감과 후회와 절망의 우물에서 '왜 그때 그렇게 했는지, 왜 이렇게 안 했는지' 다시 묻게 된다.

정동에는 오래된 빌딩이 즐비하다. 건물의 구조 또한 복잡하고 주위에는 뒷길이며 옆길이며 샛길이 이리저리 나 있다. 어느 여름 날 점심을 먹고 골목으로 접어들었을 때다. 건물 옆 캄캄한 지하 공간에서 어린 고양이의 가냘픈 구조 신호를 듣게 되었다. 업무에 복귀했지만 일이 손에 잡히지 않았다. 결국 늦은 오후에 다시 한 번 아이의 소리를 확인한 후 남편에게 전화를 걸어 상황을 설명했다.

건물의 구조는 기이했다. 어린 고양이의 울음소리가 들려오는 공간은 지하실도 아니고 인간이 다닐 수 있는 통로도 아니었다. 설계상의 오류로 생겼을까, 그야말로 구멍이었다. 거기에선 후끈하고 무거운 공기가 쉭쉭 소리와 함께 끊임없이 뿜어져 나오고 있었다. 그저 뻥 뚫려 있을 뿐, 어두컴컴해 바닥의 깊이를 알 수 없었다. 살아 있는 그 무엇도 들어가서는 안 될 법한 곳이었다.

남편은 늦은 밤 손전등과 로프를 차에 싣고서 현장에 도착했다. 철물점에서 가장 튼튼해 보이는 로프를 골랐다고 했다. 우리는 고양이를 찾기 위해 손전등으로 바닥을 비추어 보았다. 분명 울음소리가 들리는데 위치를 도저히 찾을 수 없었다. 그나마 미약하게 울던 아이도 우리가 소란스럽게 해서인지 구조 신호를 뚝 그쳤다.

결국 내가 내려가기로 했다. 남편이 가져온 가죽점퍼를 껴입은 뒤 가죽 장갑을 끼고 코와 입을 손수건으로 가린 채 양말 속에 바짓부리를 집어넣었다. 남편이 묶어준 로프에 의지해 천천히 하강을 시작했다. 깊이를 알 수 없는 곳으로 내려가는 동안 나는 두려웠다. 바닥에는 온갖 쓰레기와 각목, 널빤지, 벽돌 등 알 수 없는 잔해들이 먼지를 잔뜩 뒤집어쓴 채 널브러져 있었다. 바닥에 착지했지만 손전등이 그 공간을 밝히기에는 역부족이라는 사실을 깨닫자 더 두려워졌다. 매캐한 공기가 코와 목구멍을 찌르듯 파고들었다. 고양이를 불렀지만 응답이 없었다. 나는 눈먼 사람처럼 사방을 더듬거리며 고양이를 찾았다. 위에서 내 위치를 확인하는 남편의 목소리가 아스라하게 들렸다. 한참을 헤맸지만 고양이는 보이지 않았다. 혹 최선을 다하지 않은 건 아닐까, 그 탓에 위태로운 생명이 사라질까 두려워 한 번만 더, 한 번만 더, 안간힘을 다해 공간을 더듬거렸다. 하지만 고양이의 흔적조차 찾을 수 없었다.

남편이 나를 끌어 올렸다. 나는 누군가의 꿈속에 들어갔다가 빠져나온 사람처럼 멍했다. 온몸이 땀으로 흠뻑 젖었다. 남편이 이것저것 물었지만 들리지 않았다. 우리는 한참 동안 고양이 울음소리가 들리길 기다렸지만 허사였다. 네가 다시 울어준다면 반드시 널 구할 수 있을 거라고 다짐하며 기다렸다. 그러나 끝내 고양이 울음소리를 듣지 못했다. 남편은 손전등과 로프를 감아 차 트렁크에 넣었다.

집으로 돌아오는 내내 우리가 그 자리를 떠난 사이 고양이가 울고 있을지도 모른다는 생각이 나를 괴롭혔다. 내가 들은 고양이 울음소리가 환청이나 착각이 아니었을까 자문하기도 했다. 만약 남편과 함께 듣지 않았다면 그 생각에 더 오래 빠져들었을지도 모른다. 며칠 후 나는 장을 보고 짐을 싣기 위해 트렁크를 열었다가 그때의 로프를 보았다. 남편은 담담하게 말했다. "혹시나 해서 이제부터 로프를 갖고 다니려고."

그 후 우리는 서울을 떠나 타지로 이사할 때까지 내내 로프를 싣고 다녔다. 그 로프를 볼 때마다 정체불명의 지하 공간에서 어린 고양이가 어떻게 되었을지를 생각하며 무거운 침묵에 빠졌다. 그 후 어린 고양이들을 길에서 많이 구조했지만 로프를 다시 사용할 일은 일어나지 않았다.

로프를 보면 생각이 복잡해졌다. 위기에 빠진 어린 고양이를 생각나게 하는 동시에 나를 속박하는 부채 의식을 상징하는 물건 같기도 하다. 또 어떤 때는 한없이 나약해지고 비겁해지려는 마음을 되잡기 위한 물건처럼 보인다. 그렇게 복잡한 물건이 오랜 기간 차 트렁크에 실려 다녔다. 식물원에 묶여 쌀밥을 먹던 새끼, 타이어 사이에서 끄집어낸 삼색이, 처마 밑에 갇힌 고양이 가족, 옥상 위 고양이, 벌건 술안주에 입을 묻던 아이, 차 보닛에 들어가 있던 어린 고양이, 하수구에 빠진 아이…. 위기에 빠진 무수한 아이에게 손길을 내밀던 기억들이 스쳐간다.

지인들은 왜 길에 사는 고양이를 구조하는 일에 그렇게 열심이냐고 묻는다. 나는 구조하는 일에 열심이었던 적이 없다. 그저 내 앞에 구조를 해야만 하는 상황이 벌어질 뿐이었다. 구조를 요청하는 고양이들의 위태로운 울음소리가 들릴 뿐이었다. 내 주변에 위태로운 생명이 그렇게나 많은지, 얼마나 자주 그런 상황이 벌어지는지 이전에는 몰랐다. 그 많은 구조 신호를 듣지도 못했다. 그 소리에 귀를 연 건 고양이와 함께 산 이후부터다. 그동안 내가 무감각했던 것이다. 요즘 세상이 '성 인지 감수성'이라 부르는 것과 비슷하다. 어쩌면 남성들은 왜 여성들이 다른 사회문제에 비해 유독 성희롱이나 성추행에 민감하게 반응하느냐고 생각할 수도 있다. 이 사회의 중심은 남성이고 그들은 여성들이 처한 위태로움과 구조 신호를 잘 듣지 못할 뿐이다. 그러나 구조 신호는 늘 있어왔다. 사건이 터지고 나서야 사람들은 놀란다. 누군가는 늘 구조 신호를 보낸다. 누군가는 그 구조 신호를 들을 수 있지만 다른 누군가는 그 구조 신호를 듣지 못하는 것이다. 내가 인지하지 못했던 감각을 일깨우고, 새로운 감각을 내 몸에 추가하는 것은 쉬운 일이 아니다.

인간이라는 같은 종 안에서도 이런 인지적 차이가 실재한다. 인간과 다른 종 사이에서는 그 격차가 더 벌어진다. 다른 생명과 더불어 산다는 건 얼마나 어려운 일인가. 더불어 산다는 것은 선언만으로 되는 것이 아니다. 애를 써 로프로 이어야 하는 것이다. 로프는 구조 신호와 연결된 줄이었고, 위기에 처한 고양이에게 드리운 생명 줄이자 나와 지상의 남편을 잇는 동아줄이었다.

사람들은 우리 모두 연결되어 있다고 쉽게 말한다. 하지만 우리는 연결되어 있지 않다. 연결은 우리가 노력하지 않는

한 당연히 주어지지 않는다. 더불어 함께 사는 일은 우리 사이에 사실은 어떤 연결도 없다는 것에서 출발한다. 로프로 연결될 때에만 함께 사는 삶이 시작된다. 이런 세상이 아니라면 당장 망해버려도 아쉬울 게 없지 않겠는가.

소수민족은
더 씩씩해질 것이다

나는 세상이 말하는 이른바 '캣맘'이고, 남편은 '캣대디'다. 우리는 이사를 다닐 때마다 그 지역의 길고양이들에게 자연스럽게 급식을 제공했다. 길고양이 중성화(TNR: Trap(포획), Neuter(중성화 수술), Return(제자리 방사))는 몇 번 시도했으나 성공한 적은 없다. 우리가 서울의 합정동에서 길고양이들에게 처음 급식을 제공하기 시작한 16년 전이나 지금이나 캣맘들에게 적대적인 사람들은 늘 있다.

캣맘은 '고양이에게 홀딱 빠져 쓸데없는 일에 인생을 낭비하는 정신 나간 여자'라는 얘기를 곧잘 듣는다. 고양이에게 밥 줄 시간에 차라리 부모나 친지 또는 네 이웃에게나 잘 하라는 충고도 듣게 된다. 길고양이에게 밥을 주는 것만으로도 누군가에게 이상한 사람 취급을 당할 수 있다. 캣맘에 적대적인 이들은 '고양이가 모여들어 시끄럽다' '쓰레기를 파헤쳐 동네가 더러워진다' 등의 이유를 들어 간섭과 충고를 정당화한다.

그러나 캣대디인 남편의 말에 의하면 자신에게 그렇게 적대적으로 행동하는 이는 없었다고 한다. 물론 캣대디는 캣맘보다 드물다. 그러나 캣대디가 드물다고 해서 비난을 적게 듣는 것은 아닐 것이다. 사람들은 캣대디에게는 차마 말하지 못하는 것을 캣맘에게는 스스럼없이 말할 권리를 가진 것처럼 행동할 때가 많다. 캣맘이 그만큼 만만하게 보이기 때문일 것이다.

합정동에 살 때 가게 옥상에 갇힌 어린 고양이를 구조한 적이 있다. 월차를 낸 어느 날, 여느 때처럼 5천 원짜리 커트를 하려고 동네 미용실에 갔다. 미용실은 'ㄷ' 자형 주택의 길가로 난 한편을 개조해 영업을 하는 곳이었다. 평소에도 동네 사랑방으로 애용되는 장소였다. 그날은 유난히 손님이 많았다. 다 이유가 있었다. 새끼 고양이의 울음소리가 모객을 한 것이었다.

"한 며칠 전부터 저래 울드라고, 눈이 이래 내렸는데." 한숨 섞인 소리와 함께 이틀 이상 아이가 고립되어 있다는 사실을 알게 됐다. 진원지를 찾아보니 미용실 옥상에서 나는 소리였다. 옥상으로 올라가기 위해서는 집주인이 문을 열어줘야 했다. 나는 초인종을 눌렀고 머리카락이 떡 진 50대 아저씨가 얼굴을 내밀었다. 거동이 살짝 불편해 보이는 사람이었다. 나는 자초지종을 말하고 문을 열어달라고 청했다. 그의 첫말이 아직도 생생히 기억난다. "그게 나랑 무슨 상관인데?" 싫다, 좋다도 아니고 무슨 상관이냐니. 말문이 막혔다. 썩어가는 내 얼굴을 보며 그는 나보다 더 썩은 표정으로 "고양이가 죽건 말건 무슨 상관인데 날 귀찮게 하는 거요?"

하고 일갈했다. 나는 문만 열어주시면 어린 생명이 살 수 있지 않겠느냐고 설득했다. 그는 절대 열어줄 수 없다고 버텼다. 알량한 무엇이 그를 그렇게 성나게 만들고 고집을 피우게 만들었는지 조금 알 것 같았다.

나는 무릎을 꿇고 애원했다. 그는 어쩌면 고양이도 고양이지만 내가 마음에 들지 않았던 것 같다. 어린 여자가 주제넘게 고양이를 구한답시고 자신에게 문을 열어달라고 하는 본새가 건방져 보였던 모양이다. 나는 무릎을 꿇고 울며 매달리다시피 하여 겨우 그 집 안마당으로 들어갈 수 있었다. 철옹성은 뚫었지만 그마저도 옥상으로 올라갈 수 있는 구조가 아니었다. 결국 나는 마포소방서에 구조 요청을 했다 (당시만 해도 동물 구조 하면 119였다). 세상 멋지고 훌륭한 소방대원분들 덕분에 아이는 무사히 내려올 수 있었다. 손뼉을 치고 팔짝팔짝 뛰며 환호하는 동네 할머니와 아줌마와 나를 뒤로하고 아이는 쏜살같이 달려갔다. 아이에게는 옥상에 갇혔던 것보다 이 상황이 더 공포스러웠을지도 모르겠다. 후후.

합정동을 떠나 경기도민이 된 이후 숲과 산을 지고 있는 아파트에 살았다. 가까이에 고라니가 출몰하는 산책로와 등산로까지 있었다. 아침이면 온갖 새가 잠을 깨우는 '숲세권'을 자랑하는 아파트였다. 자동차로 5분 정도 가면 대학생들이 MT 장소로 즐겨 찾던 아름다운 북한강을 만날 수 있었다. 시청은 슬로푸드와 슬로 라이프를 도시가 지향할 가치로 삼았다.

그 아파트는 도시와 같은 지향점을 추구하는 슬로 아파트처럼 보였다. 그러던 어느 날 아파트 진입로에서 길고양이에게 음식을 주지 말라는 엄중한 경고문이 적힌 현수막을 보게 되었다. 아파트 주민회 명의로 되어 있는 현수막이었다. 슬로 아파트에서 살고 있다고 생각했던 나는 꽤 충격을 받았다.

그런 현수막을 내거는 이유는 뻔하다. 고양이는 시끄럽고, 더럽고, 그리고 결국 집값을 떨어뜨린다는 것이다. 집값이 떨어지는 원인이 길고양이에게 밥을 주기 때문이라는 생각은 대체 얼마나 합리적이고 이성적인 것일까. 아마도 뉴욕에 있는 나비의 날갯짓이 베이징에 폭풍우를 몰고 온다는 나비이론보다 인과관계가 적을 것이다. 나는 그 아파트에서 새끼 때 데려갔다가 발정이 나자 누군가 버린 고양이를 데려다 함께 살았다. 그 아이가 바로 밍키다.

밍키는 당시 아파트 주차장에서 갈 곳을 몰라 방황하던 6개월령의 새끼였다. 그 아파트 가까운 곳에서는 대규모 아파트 공사를 하고 있었다. 산과 숲이던 곳을 깎아서 아파트를 짓는 통에 그곳에 살던 고양이들이 흩어져 기존 아파트 근처까지 오게 되었다. 신축 아파트가 지어지면 주변의 구식 아파트들은 집값이 떨어지는 법이다. 나는 이제 그 아파트를 떠났지만 5년이 지난 지금도 그 아파트 시세는 오르지 않았다. 집값이 떨어진 건 고양이 때문이 아니다.

왜 그들은 애꿎은 길고양이와 캣맘에게 그렇게 적대적이었을까? 화풀이 대상이 필요했고, 만만한 것이 길고양이와 캣맘이었기 때문이라고 생각한다. 물론 세상에는 캣맘에게 경고를 보내는 사람들만 있는 것은 아니다. 강원도 해변가 마을로 이사 와서도 나와 남편은 길고양이들에게 먹을 것을 공급했다. 밤비를 잃고 우울한 나날을 보내던 나는 캣맘으로 사는 데 조금 지쳐 있었고 주로 남편이 길고양이들과 어울렸다.

여름 폭우가 쏟아지고 난 후의 어느 날 한밤중에 운동을 마치고 돌아오는 길이었다. 새끼 고양이의 울음소리가 들렸다. 이건 분명히 구조 신호였다. 나는 황급히 소리가 나는 쪽으로 발길을 돌렸다. 갈대와 풀이 우거져 늪으로 변해버린 개천에서 나는 소리였다. 휴대전화의 플래시를 켜고 개천을 살펴보던 나에게, 다리 건너편에서 담배를 피우며 개천을 내려다보던 남자가 "뭐 하는 거요?"라고 물었다. 잠시 갈등했다. 시비와 호기심의 비율이 어떻게 되는 걸까 가늠하다가 역시 내 식대로 그냥 밀어붙이기로 하고 응수했다. "고양이 울음소리가 들려서요. 이거 새끼 고양이 소리인데, 빠졌나 봐요." 늦은 밤 무겁게 흐르는 공기를 뚫고 고성을 발사했다. '같은 편이기는 바라지도 않아. 날 모른 체해주세요, 제발⋯.' 속으로 이런 말을 뇌까리며 잔뜩 경계한 게 무색하게도, 그는 새끼 고양이 소리를 듣고 걱정되어 나와본 이웃이었다.

새끼 고양이는 개천에 무성히 자란 갈대와 풀 위에 떨어져 있었다. 아마도 제방 위를 걷다가 밑으로 떨어진 모양이었다. 다행히 며칠 전 내린 폭우에 꺾인 갈대들이 쿠션이 되어준 것 같았고, 물이 바다로 다 빠져나간 직후라 급류에 휩쓸릴 일도 없을 것 같았다. 하지만 내일부터 큰 비가 예보돼 있었다. 이웃 남자와 나는 2미터 정도 아래에 있는 새끼 고양이를 어떻게 구조할 것인지를 두고 의견을 나누었다. 사람이 내려가 구하는 방법은 애초에 집어치웠다. 다 큰 애라면 모를까 사람 손을 타지 않은 새끼 고양이는 분명 공포

에 사로잡혀 이리저리 허둥대다 최악의 경우 물에 빠져버
릴 터였다.

때마침 남편이 도착했고 이웃 남자의 아내와 딸까지 합세했
다. 사람만 있었던 것도 아니다. 개천 건너편에는 어미 고양
이인 듯 보이는 고양이가 연신 왔다 갔다 하며 새끼 고양이
를 초조하게 바라보고 있었다. "이 높이에선 어미도 못 구하
지." 인간의 개입이 확실히 필요한 사안이라 판단한 남편과
이웃 남자는 커다란 합판을 구해와 개천 밑으로 내렸다. 합
판을 발판 삼아서 올라올 수 있도록 비스듬하게 경사를 만
들어준 것이다.

나는 어미 고양이가 있는 쪽을 살폈다. 그쪽의 제방이 훨씬
낮았다. 어미의 생각을 알 것 같았다. 자신이 있는 곳으로 새
끼를 유도하려는 것이다. 새끼가 그쪽으로 가려면 물도 건
너야 하고 풀숲을 헤쳐 나가야 할 것이다. 몇 시간의 고투가
필요할 것이다. 나는 합판을 이용해 올라오든 개천을 건너
든 두 가지 길 모두 선택지가 될 수 있다는 생각에 조금 안
심했다.

"이제부터는 너희에게 달렸다. 최선을 다해라." 이 말을 끝
으로 여유가 생긴 나와 남편은 이웃 남자 식구들과 인사를
나누었다. 이웃 남자는 은퇴해 부모님이 있는 고향에 내려
왔다고 했다. 원래 고양이를 싫어했지만 고향집에 내려오면
서 자기 집 마당에 자유롭게 드나드는 고양이와 친해져 줄
곧 동네 고양이들에게 밥을 주고 있다고 했다.

나는 구태여 나의 고양이 사랑을 그의 얘기에 더 보태지는
않았다. 그들은 주변을 돌보며 오손도손 살아가는 선한 가
족이었다. 나는 그 집 딸과 전화번호를 교환했다. 다음 날 새

끼 고양이가 걱정된 나는 그 딸과 문자 메시지를 주고받으며 새끼 고양이가 무사히 탈출에 성공했다는 얘기를 들었다. 며칠 뒤 급식소에서 애들 틈에 끼어 태연자약 와구와구 밥을 먹는 그 아이와 만날 수 있었다. "으이구, 이눔아~"(할 많하않) 그저 흐뭇한 미소만 지을 수밖에.

그들 덕분에 나는 느리지만 세상이 좀 더 나아지고 있다고 믿게 되었다. 그 집 식구들도 그렇게 느꼈겠지만 고양이를 구조하기 위해 그 밤에 모였던 우리는 타국에서 우연히 조우한 소수민족 같았다. 나는 고양이와 고양이 덕분에 맺어진 이 소수민족의 안녕을 빈다. 우리는 작고 약해도 씩씩할 것이다. 어두컴컴한 곳에서 더욱 빛날 것이다.

서울과 수도권 지역에서만 살다가 강릉에 처음 왔을 때 후미진 동네에 작은 카페를 열었다. 오가는 손님은 그렇게 많지 않았지만 어느 동네에나 고양이는 살고 있기 마련이라 얼마 되지 않아 어린 고양이들이 가게 앞에 출몰하기 시작했다. 남편은 "헐~ 우리가 고양이 집사인 걸 또 어떻게 알고 찾아오는 걸까?" 하며 사료를

고양잇과 동물들은 지형지물의 변화에 민감하다. 동네의 터줏대감인 고양이들도 새로 생겨난 가게에서 뭘 파는지, 어떤 인간들이 드나드는지 궁금해서 한번씩 방문했을 것이다. 그렇게 스윽 들렀는데 가게 주인 내외가 호들갑을 떨며 사료와 물을 내주니 이게 웬 떡인가 싶었을 것이다. 그렇게 카페 앞 덱은 순식간에 동

Ruby Ruby Ruby……
루비가 보석인 까닭

들고 밖으로 나갔다.

'남들에게는 보이지 않는 고양이가 내 눈에는 보인다' 증후군을 아는가. '없던 고양이도 내가 가면 나타난다' 증후군에 대해 들어본 적 있는가. 많은 고양이 집사가 경험한 증후군이다. '고양이는 자기 종에 호의를 가진 사람을 기가 막히게 알아본다'라기보다는 고양이 집사 생활을 하다 보면 자연스레 고양이 레이더가 탑재되면서 생기는 현상인 것이다.

네 고양이들의 핫 플레이스가 되었다. 그렇다고 해도 고양이들이 나를 경계심 없이 대한 것은 아니다. 그나마 신뢰할 만한 인간일 뿐이지 그 이상도 그 이하도 아닌 것이다.

얼마간 시간이 지나자 특정 고양이들이 카페 앞에 고정적으로 오기 시작했다. 무리 중 가장 어린, 그래서 호기심도 겁도 많은 고양이들의 체류 시간이 가장 길었다. "고양이 수가 좀 줄었네." 남편에게

말했다. "응. 그릇에 사료도 좀 많이 남아 있어." 밥차 담당인 남편이 말했다. 우리는 길고양이들의 생태계에 대한 이야기를 나누었다. 우리의 가설은 '어떤 동네든 안정적인 먹이와 환경이 갖춰진 곳은 길고양이 무리 중에서도 가장 어리고 약한 고양이들에게 승계된다'는 것이다. 우리는 서울에 살 때 다년간 동네에서 길

이런 메커니즘은 도심의 길고양이 생태계를 유지하는 원리다. 아주 간혹 자리를 물려준 기존 고양이들이 찾아와 밥을 먹을 때도 있는데, 몰골이 말이 아닌 경우가 대부분이다. 배고픔을 참다 참다 마지막 보루로 찾아온 것이리라. 마음속으로 눈물을 흘리며 "꼬라지가 이게 무어니, 여기 밥 많타, 다시 오라우…" 라고 겨우 말

나는 생명이 꺼져가던 루비를 모포로 감싸 안아 올렸을 때, 비로소 안심했다는 듯이 날 바라보던 고양이들의 모습을 떠올렸다. 생태계의 본질은 생존 본능이다.

고양이에게 밥을 나눠 먹이면서 이 사실을 확인했다. 말하자면 길고양이 입장에서는 자신들에게 호의적이고 가장 신뢰할 만한 인간이 사는 곳이 최고의 서식지다. 그리고 그 서식지는 대체로 무리의 어린 고양이들이 상속받는다. 힘이 좋고 씩씩한 어른 고양이들은 어린 고양이들을 위해 안전한 서식지를 남겨주고 자신은 보다 험난한 서식지로 모험을 떠나는 것이다.

을 건네지만 그들은 허겁지겁 먹고 기약 없는 이별을 고했다.

카페 앞을 근거지로 삼는 어린 삼색 고양이 자매가 있었다. 둘은 늘 붙어 다녔고 하루에 두세 번은 들러 밥을 먹고 더러 놀기도 했다. 겨울이 시작되던, 어느 햇볕 좋은 날이었다. 카페 앞 덱에 누워있는 삼색 고양이 하나가 보였다. 조금 이상했다. 가까이 가니 누워 있는 아이 위로 파리 몇 마리가 빙글빙글 돌고 있었다. 아

주 이상했다.

주변에는 여러 마리의 고양이가 있었다. 흰색 냥이, 젖소 냥이 등 다 눈에 익은 아이들이었다. 다른 삼색 고양이도 하나 있었다. 그런데 누워 있는 아이는 자매 고양이가 아니었다. 새로 등장한 고양이가 틀림없었다. 가게에 들어가 작은 담요를 챙겼다. 남편은 상자를 준비했다. 누워 있는 아이에게 살살 다가갔다.

아이는 덱에 코를 박고 겨우 숨을 쉬고 있었다. 입과 코 주위가 젖어 있었다. 눈은 생명의 빛이 꺼져가는 것처럼 가물가물한 상태였다. 털 상태도 거칠기 이를 데 없었다. 카페까지 그 고양이가 어떻게 왔는지 의문이 들 정도로 심각한 상태였다. 나는 아이의 목덜미를 들어 올렸다. 상자에 아이를 넣고 가게를 떠나며 카페 앞 고양이들을 돌아봤다. 다들 조용히 지켜보고 있었다. 그때 문득 그 아이들이 아픈 고양이를 여기까지 인도했다는 것을 깨

달았다. 다 죽어가던 동료를 끌고 와서는 도움의 손길을 요청한 것이다.

서울에서도 이와 비슷한 일이 있었던 기억이 났다.

잠결에 고양이 울음소리가 들려 몸을 뒤척였다. 시간을 확인해보니 새벽 4시였다. 자정 넘어 길냥이들 밥을 한차례 챙겨주고 잠들었기에 '한 번만 더 울면 혼구녕 내주러 갈 거야' 꿍얼대며 다시 꿈나라로 빠져들려고 애썼다. 그런데 놈이이겼다. 심한 빌라 복도에 울려 퍼지는 소리에 이웃들마저 깰까 봐 자리를 박차고 일어났다.

현관문이 열리고 센서등이 켜지자 아이들 여럿이 깨 털리듯 후드득 흩어졌고, 달랑 하나가 동그마니 자리를 지키고 있었다. 태어난 지 2개월쯤 되었을까. 녀석에게 천천히 다가가자 놀라서 잠깐 멈췄던 울음보를 다시 터트렸다. 일단 밤은 좀 조용히 보내자 싶어 베란다에 잠자리를 마

련해 먹을 것을 내어주고 자리에 다시 누워 아침에 일어나서 병원에 갔다가 회사 가려면 몇 시쯤 출근이 가능할까 등등을 계산했다. 근데 얘는 처음 보는 애인데, 누구 자식인 거지? 별안간 궁금증에 이불을 들추고 일어나 녀석에게 다시 가봤다. 녀석은 밥에는 입도 대지 않고 한구석에 웅크리고 있었다. 그새 설사를 한 건지 냄새가 지독했다.

남편을 깨웠다. "옵빠! 방금 내가 애를 하나 주웠는데, 병원에 가봐야 해." 이럴 때는 또 무진장 마음이 잘 맞는 남집사는 가타부타 묻지도 따지지도 않고 차 키부터 챙겼다. 24시 병원에 도착한 뒤부터는 정신없었다. 혈관이 잡히지 않을 정도로 탈수 증상이 심했고, 눈은 회까닥 뒤집어지고 있었다. 나는 얼굴 본 지 채 한 시간도 안 된 아이를 부여잡고 눈물을 한 바가지 쏟았다. 초면에 졸린 눈을 비비며 "장염 같은데요?" 하던 의사도 어느새 사

력을 다하고 있었다. 녀석은 입원 일주일 만에 살아났고, 백만 원에서 좀 빠지는 영수증만 남긴 채 다정한 커플이 사는 집의 둘째로 입양 가서 탱자탱자 묘생을 꾸리고 있다.

카페에서 차를 타고 병원으로 가는 내내 나는 '너의 사투가 헛되지 않도록 반드시 살아라!' 하고 기도했다. 이 아이도 그때 그 녀석처럼 "자, 여기야. 여기서 울고 있으면 누가 와서 도와줄 거야. 너 엄청엄청 세게 울어야 해!" 하고 다른 아이들이 알려준 걸까.

목덜미를 잡을 때만 해도 앙칼지게 반항하던 삼색 고양이는 병원에서 기본적인 검사도 하기 힘들 정도로 축 늘어져버렸다. 진단은 이랬다. 지독한 감기를 오랫동안 앓은 데다 극심한 영양부족과 탈수증상이 겹쳐서 사경을 헤매는 것이라고 했다. "살지 못할 것 같다. 하지만 최선을 다해보겠다." 수의사는 안타까워했다. 아이

를 입원시키기로 했고, 구조를 함께했던 친구가 입양하기로 했다. 그 친구는 최근 열다섯 살 고양이를 떠나 보내고 상심하던 차였다. 아이는 병원에서 일주일 가량을 보내고 기력을 회복했다.

남편은 퇴원 후 친구네로 가게 된 삼색 고양이에게 '루비'라는 이름을 지어주었다. 친구가 남편에게 이름을 지어달라고 부탁했기 때문이다. 남편은 마치 오랫동안 그 이름을 생각했다는 듯이 '루비'라고 말했다.

루비는 입양되고 나서도 꽤 오랫동안 병원을 드나들며 치료를 받고 있다. 사경을 헤매게 만든 상부 호흡기 질환이 도무지 낫지 않았기 때문이다. 항생제 테스트도 해보고 CT도 찍고, 수술도 하고, 조직 검사도 해봤지만 원인을 제거할 수는 없었다. 그런 탓에 루비는 냄새를 거의 맡을 수 없게 되었다. 고양이는 냄새로 사물과 대상의 정보를 파악하고 관계를 형성한

다. 냄새를 맡을 수 없다는 것은 치명적인 상실일 수밖에 없다. 루비는 코의 기능은 상실했지만 냄새를 맡으려 노력했기 때문에 돼지가 꿀꿀거리는 소리와 비슷한 비음을 낸다. 치아 부정교합도 있다. 살도 잘 붙지 않아 한 살을 훌쩍 넘어서야 겨우 중성화 수술을 받을 수 있을 정도였다. 컨디션이 좋지 않을 때는 고열에 시달리기도 했고, 최근에는 잇몸 안쪽에 생긴 악성 종양을 제거하는 수술도 받았다. 친구에게는 성치 않은 고양이를 맡겼다는 미안함이 늘 있다. 하지만 나는 끝내 살아남은 루비에 대해 자긍심을 느낀다.

나는 남편에게 왜 루비라는 이름을 지어줬느냐고 물은 적이 있다.

"저 어린 아이가 살아남기까지 기울였을 노력들을 생각했어. 우선 여러 고양이의 노력과 헌신이 있어, 걔들은 자기들도 어리면서 자기보다 더 어린 이 고양이의 생명이 위험하다고 생각했겠지. 그래

서 자신들이 믿을만하다고 생각하는 우
리에게 이 고양이를 데려왔어. 어디서부
터 데려왔는지 모르지만 그 여정을 한번
생각해봐. 자동차와 사람이 다니는 길을
거쳐 왔을 것이고 몇 번이나 멈추었을 거
야. 쓰러지고 또 쓰러져도 다시 일으켜 세
워서 여기까지 데려온 거야. 온갖 난관을
뚫고. 어린 고양이도 사투를 벌였겠지만
동료 고양이도 함께 사투를 벌인 셈이지.
그 사투를 생각하면 보석이라는 이름이
아깝지 않지."

나는 생명이 꺼져가던 루비를 모포로 감
싸 안아 올렸을 때, 비로소 안심했다는 듯
이 날 바라보던 고양이들의 모습을 떠올
렸다. 생태계의 본질은 생존 본능이다. 그
러나 생존 본능은 많은 사람이 생각하듯
이 적자생존의 법칙에 무릎을 꿇지 않는
다. 적자생존과 완전히 다른 법칙 즉, 측
은지심이나 협력과 사랑 같은 고귀한 법
칙을 따르기도 한다. 이 법칙이야말로 삶

이 우리에게 주는 선물이요, 보석이다. 나
는 루비를 생각할 때마다 고양이들의 귀
한 행동을 떠올린다.

남편과 나는 친구 집을 방문해 루비를
보고 돌아오는 차 안에서 카이저 치프스
(Kaiser Chiefs)의 'Ruby'를 함께 불렀
다. 특히 '루비'를 끊임없이 반복하는 코
러스 부분을 목청껏 부르짖으며 루비의
앞날을 축복했다. 루비, 너는 우리 삶에
서 가장 반짝이는 보석이야.

'Ruby, Ruby, Ruby, Ruby
Do you, do you, do you,
do you know what you're doing,
doing, to me
Ruby, Ruby, Ruby, Ruby.'

3

장

냐용춉춉갸르릉하악

"내일은 사자를 뽑아야겠어"

신혼 초 남편은 외식을 하고 돌아올 때마다 동네 어귀에 있는 인형 뽑기 기계에 달라붙어 씨름하곤 했다. 곧잘 뽑기도 했다. 그럴 때면 어깨를 으쓱하며 "뽑기를 잘하는 남자가 진짜 남자지"라고 말도 안 되는 얘기를 늘어놓았다. 그러고는 인형을 내게 안겨주었다. 물론 그것도 다 한 때다. 어느 날부턴가 남편은 인형 뽑기 기계에 더 이상 눈길을 주지 않았다. 그러던 남편이 몇 년 후 인형 뽑기 기계를 보고 다시 눈을 반짝였다.

"밤비가 좋아하지 않을까?"

나도 궁금했다. 밤비는 인형을 어떻게 대할까? 실력이 녹슬지 않았던지, 기계가 관대했던지 남편은 5천 원을 투자해 작은 곰 인형을 뽑은 뒤 의기양양 집으로 향했다. 남편은 밤비 앞에 곰돌이를 짠 하고 내놓았다. 밤비는 처음엔 움찔하더니 곧 냉랭하게 곰돌이의 뺨을 냅다 쳐서는 구석으로 날

려버렸다. 남편은 무너졌다. 싱글벙글하던 눈매는 삽시간에 처지고 흥으로 꿈틀했던 무릎은 단번에 꺾였다. 잠이 들기 전 남편은 이렇게 중얼거렸다.

"밤비가 곰을 싫어하는구나. 내일은 사자를 뽑아야겠어. 밤비가 사자를 좋아할까? 원숭이가 나을까? 이봐, 자? 자냐고? 왜 대답이 없어, 응?" 나는 자는 척을 해야 했다.

다음 날 남편은 사자를 데리고 들어왔다. 득의양양한 걸 보면 돈을 꽤 날린 듯했다. 밤비는 어퍼컷으로 사자의 턱주가리를 날려버리곤 돌아섰다. 그다음 날 남편은 원숭이를 데려왔다. 밤비는 이단 옆차기로 원숭이를 구석에 처박았다. 남편의 내상은 깊어만 갔다. 밤비는 인형을 싫어하는 것이 분명했다.

침대에 누워 잠들기 전, 남편이 조용했다. 또 무슨 망상에 빠져 있는 걸까?

"음, 내 생각엔 밤비가 커다란 인형을 원하나 봐. 내일은 종로에 가서 커다란 곰 인형을 사야겠어. 아니, 그것보다 새장을 사올까? 앵무새나 그런 거 사다 주면 밤비가 심심하지 않을 거야. 어떻게 생각해? 자니? 이봐, 어떻게 생각하냐고?" 나는 참다못해 소리쳤다.

"야, 인간아. 잠 좀 자자. 그리고 언제 밤비가 심심하다고 했어? 심심하다 해도 그렇지 고양이한테 무슨 가당찮은 새야? 그건 동물 학대야, 학대!"

남편은 아무 대꾸도 없었다. 내 말이 먹혀서라기보다 내 화가 먹혔을 것이다.

역시나 남편은 다음 날 어디서 호랑이를 데리고 들어왔다. 그 모습을 본 밤비는 고개를 떨구고 휑하니 남편에게서 등을 돌렸다. 그날 남편은 비장하게 말했다.

"그 왜 애완용 로봇 있잖아. 말하고 돌아다니는 작은 로봇. 응? 자니?"

"그만 좀 해. 밤비는 우는 척과 진짜 우는 걸 정확히 구분하는 애야. 그런 애가 가짜를 좋아할 거 같아?"

나는 놀릴 요량으로 남편의 행위를 '펫에게 펫 만들어주기 프로젝트'라고 이름 붙였다. 어쨌든 남편의 원대한 엉망진창 프로젝트는 몇 년 후, 열대어를 집에 들이는 데까지 발전했고 결과는 대실패로 막을 내렸다.

밍키는 우리 집에 처음 왔을 때 인형을 보고 무서워했다. 꼬리를 한껏 부풀리고 게걸음으로 도망쳤다. 그 이후엔 내내 무심했고. 대체로 우리 집 고양이들은 동물 인형에 별다른 반응을 보이지 않았다. 밤비만이 유독 인형을 싫어했다. 너무 대놓고 싫어하는 티를 내다 보니 어쩌면 인형을 싫어한 것이 아니라 '나는 인형이 아니야'라는 표현이 아니었을까 생각하기에 이르렀다. 자신을 인형처럼 대하지 말라는 메시지가 아닐까 싶은 거다.

한번은 남편이 누워서 밤비의 겨드랑이에 손을 넣고는 아기를 어르듯 하늘로 치켜들어선 상하좌우로 흔들었다 내리는 동작을 반복했다. 딱 세 번째 들어 올리려는 찰나 남편에게 경고했다.

"하지 마라, 그거 밤비가 싫어한다."

남편은 내 경고 따윈 귓등으로 들었다. 하지만 나는 알고 있었다. 속으로는 '밤비가 싫어한다'라는 말에 엄청 신경을 곤두세우고 있다는 것을. 그리고 이렇게 하는 걸 밤비는 좋아할 것이 분명하다는 것을 증명해 보이고자 하는 심보가 용

솟음친다는 것을. 남편은 혼자 즐거워하며 두 번 더 밤비를 흔들어대며 밤비가 평소 좋아하는 "아유, 예뻐라"를 연발했다. 결국 참다못한 밤비는 짧게 비명을 지르며 남편의 손아귀에서 벗어났고, 이후 사흘 동안 토라져서는 남편을 외면했다. 남편이 말을 걸어도 쳐다보지 않았고 간식으로도 달랠 수 없었다. 그 사흘은 남편에게는 절대 잊을 수 없는 고통의 시간이었다.

"아니, 다섯 번밖에 안 했잖아. 억울하다고!"

고양이는 귀엽다. 사랑스럽다. 그러나 사람들은 지나치게 그 귀여움만을 부각시키고 캐릭터화 하려고 한다. 캐릭터화를 통해 동물을 단순화하고 추상화한다. 이를 통해 동물을 자기 편의로 조종하고 다룰 수 있는 인형으로 여기게 되는 것이 아닐까 한다. 고양이는 아기가 아니다. 디즈니의 캐릭터도 아니다. 나는 고깃집이나 치킨집 간판에 그려진 돼지와 닭을 볼 때마다 참으로 괴이하다고 생각한다. 돼지와 닭들은 언제나 명랑하게 웃으며 포크를 쥐고 있거나 앞치마를 두르고 있다. 인간만이 그 간판을 보고도 전혀 이상하게 생각하지 않을 것이다. 다 큰 돼지에게 쫓겨 줄달음질한 적이 있는, 장닭의 부리에 맵게 쪼여본 적 있이 있는 나만 엽기적이라 느끼는 걸까.

동물을 캐릭터화 하려고 하는 기저에는 두려워하고 혐오하는 것을 귀여운 것으로 치환해 조정하고 통제할 수 있는 것으로 만들고자 하는 의도가 다분하다고 본다. 그렇게 해서 한 개체로서 존재하는 생명을 먹는 것에 대한 죄의식을 희석시키기도 하면서. 그보단 우리 그 정도의 죄의식은 좀 느끼며 살자 싶다.

"내가 다 보고 있었옹"

나는 고혹적인 자태로 침대에 누워 남편을 부른다.

"여보, 이리 좀 와봐."

서재에 있던 남편은 무뚝뚝하게 답한다.

"무슨 일인데? 왜 그래?"

"아이 참, 빨리 와."

남편은 안방 문턱을 밟으며 난감한 표정으로 날 내려다본다. "나, 할 일 있는데…" 그러면 나는 "밤비, 밤비!"라고 주문을 외듯이 밤비 이름을 말한다.

남편은 마지못해 침대 위로 기어 올라와 옆에 눕는다. "자, 뽀뽀." 나는 남편 쪽으로 몸을 비스듬히 돌리며 입술을 내민다. 남편은 기계적으로 입술을 대고는 유난히 크게 쪽쪽 소리를 낸다. 그러는 동안 침대 아래에는 상어가 그 지느러미를 드러내듯 꼬리 하나가 어슬렁거리기 시작한다. 우리는 그 꼬리를 곁눈질하면서 마지막 입질을 위해 가열차게 쪽

쪽거린다. 나는 비음까지 섞는다. "아잉아잉." 그 소리에 자극받은 상어가 침대 위로 힘차게 뛰어오른다. 남편과 나를 마구 짓밟으면서 기를 쓰고 우리 사이를 파고든다. 다름 아닌 밤비다.

이 의식은 어느 날 갑자기 시작되었다. 고양이와 함께 살면서부터 솔직히 나는 사랑을 나눌 때 아이들이 적잖이 신경 쓰여 도무지 집중하기 힘들었다. 가까운 호텔을 이용하기도 했다. 우리는 평소 집 안의 모든 문을 열어놓고 지낸다. 어느 공간이라도 문이 닫혀 있으면 아이들이 아우성을 치기 때문이다. 그런데 남편은 문 닫는 것을 싫어했다. 계속 문밖에서 대기하고 있을 아이들이 더 신경 쓰였던 것이다. 그도 그럴 것이 격렬한 운동을 마치고 방문을 열어보면 아이들이 옹기종기 모여 있다. "이것 봐. 내가 문 닫고 하면 애들이 괜히 더 관심 갖는다고 했지?" 맞는 말이다. 하지만 양보할 수 없는 관점의 차이다.

어느 날 방문 닫는 것을 깜빡 잊고 남편의 품에 안겨 뽀뽀를 받고 있었다. 바로 그때 내 몸 위로 묵직한 물체가 풀썩 내려앉아 기겁을 하고 말았다. 밤비가 두 눈을 부릅뜨고 날 노려보고 있었다. 우리는 그날 밤비를 사이에 두고서 손만 잡은 채 잠이 들었다. 자면서도 나는 폭신폭신 말랑말랑한 밤비의 몸을 주무르며 기분 좋은 '갸르릉' 소리를 들었다.

이런 일은 몇 번이나 반복되었다. 뽀뽀 소리가 들리면 밤비는 자다가도 벌떡 일어나 침대 위를 기습하곤 했다. 우리 둘의 몸을 노골적으로 짓밟으면서 "내가 모를 줄 알았지? 내가 다 보고 있었옹~"이라고 말하는 것 같았다. 어느새 우리는 밤비의 습격을 즐기고 있었다. 밤비가 스윽 하고 꼬리만 보인 채 어슬렁거리면 우리는 상어의 지느러미라도 본 것 마냥 매번 소스라쳤다. 아닌 게 아니라 살에 소름이 돋을 정도로 그 스릴을 즐겼다.

그리하여 나와 남편의 뽀뽀는 이제 그 본래의 기능을 잃었다. 밤비는 허공에 대고 내는 가짜 뽀뽀 소리를 귀신같이 분별했다. "으허, 염원이 부족하도다. 영혼을 갈아 부으라고!"

"여보, 뽀뽀." 내가 말한다.

"아아, 귀찮게 왜 그래?" 남편이 답한다.

나는 말한다. "밤비."

그렇게 우리의 연기가 시작되면 어김없이 남편의 등뒤로 밤비의 귀가 슬며시 나타난다.

"왔다, 왔어! 입질이 왔어."

남편은 얼굴을 침대에 파묻고 자포자기 상태가 되어 축 늘어져 있는다. 밤비는 남편의 넓은 등판을 밟고 올라서서는 나를 노려본다. 그러면 나는 남편의 어깨를 툭툭 치며 명령한다. "밤비가 자리를 제대로 만들래. 빨리 옆으로 비켜봐."

나는 밤비를 영접할 자리를 깔끔하게 정돈한 다음 가볍게 톡톡 친다. "밤비야, 엄마가 세팅 끝냈어~."

밤비는 흡족한 듯 지정한 위치로 다가와서는 세상 편안한 포즈로 누워 자신의 팔뚝을 그루밍 하고 골골송을 부르며 팔뚝에 세차게 춉춉이를 시작한다. 손톱을 한껏 세우고 두 손으로 꾹꾹이 삼매경에 빠진 이때, 나는 밤비의 몸을 함부로 만지고 주무른다.

평소 밤비는 자기 몸에 손대는 것에 꽤 까다롭게 구는 아이다. 딱 자기가 좋아하는 부위, 양냥이뼈 부근이나 정수리, 목덜미 정도만 허락한다. 그것도 아주 부드럽고 젠틀한 손길

로 만져야지 조금만 진도를 나간다 싶으면 팽 하니 돌아선
다. 하지만 이렇게 잠자리에 파고들 때만큼은 손발이며 엉
덩이며 배며 어디든 억세게 만져대도 아랑곳하지 않고 너그
럽게 온몸을 허락해준다.

밤비의 몸에 손이 닿는 순간 형언하기 어려운 기쁨과 행복
의 파도가 내 몸을 덮친다. 나는 남편에게 말한다. "이제 됐
으니까 오빠 방으로 가도 돼." 남편은 좀비처럼 일어나 사라
진다. 평화의 밤이 시작되고 있었다.

"도대체 뭣 때문에
히스테리를 부리는 거냥?"

밤비에게는 새끼 때부터 가졌던 아주 오래된 버릇이 있다. 자기 팔뚝에 입을 대고 어미젖을 빨듯이 세차게 빨아대는 버릇이다. 일명 '촙촙이'라 부르는 행동이다. 밤비는 태어난 지 얼마 되지 않아 어미에게서 떨어져 성남 모란시장에 나왔다. 처음 밤비를 구조한 학생의 전언에 따르면, 당시 밤비는 눈도 제대로 뜨지 못하는 새끼였다고 한다. 함께 철창에 갇혀 있던 다 자란 고양이들이 밤비를 피해 모여 있었는데, 아마도 밤비가 젖을 움켜쥐며 물려고 했기 때문일 것이다. 밤비는 젖을 먹지 못하고 자란 아이였다. 그래서인지 우리 집에 온 뒤부터 팔뚝을 세차게 빠는 행동을 보였다. 얼마나 세차게 빨았던지 팔뚝의 한 부분이 젖꼭지 모양으로 솟아오를 정도였다. 나는 그 가짜 젖꼭지를 보고서 정신적 갈망이 강렬하면 신체 변형까지 일으킬 수 있다는 사실에 놀라고 말았다.

밤비는 다채로운 성격을 갖고 있었지만 가장 큰 특징으로 단연 모방본능을 꼽을 수 있다. 밤비는 어미와 일찍 떨어진 탓에 어미로부터 고양이로 살아가는 법을 교육받지 못한 상태에서 우리 품에 들어왔다. 그 때문인지 유난히 초롬이의 행동을 유심히 관찰했다. 초롬이가 물을 먹는 모습, 화장실을 사용하는 모습, 밥을 먹는 모습, 노는 모습을 쫓아 다니며 일일이 지켜보고는 그것을 모방하곤 했다. 당시 찍었던 사진을 보면 뒤에서, 옆에서, 사선상에서 거리를 두고 초롬을 바라보는 밤비가 늘 프레임 한 귀퉁이에 걸려 있는 걸 발견할 수 있다.

나와 남편의 행동도 주요 관찰 대상이었다. 변기에서 볼일을 보거나 머리를 감거나 설거지를 하고 빨래를 개는 모습을 신기한 듯 바라봤다. 자기도 수세식 변기를 쓰고 싶다는 듯 변기 위에 올라가 있기도 했다. 언젠가 영상에서 수세식 변기를 쓰는 고양이를 본 적이 있는데, 밤비가 변기를 쓸지도 모른다는 기대에 흥분하기도 했다. 이후 밤비는 수세식 변기와 유사한 자신만의 작은 플라스틱 좌변기를 갖게 되었다. 밤비는 여느 고양이와 달리 발에 모래가 묻는 것을 싫어했다. 우아하게 변기 위에 앉아 볼일을 보고 싶어 했다. 밤비는 관찰과 모방을 통해 스스로를 교육하며 성장했다.

밤비는 사진을 찍을 때 매번 카메라 렌즈 혹은 카메라 너머의 눈을 정면으로 응시해 우리를 놀라게 했다. 때로는 우리를 몰래 지켜보기도 했다. 세수를 하기 위해 세면대 앞에 서면 무방비 상태가 된다는 사실을 파악한 밤비는 우리가 욕실에 들어가 세면대에 얼굴을 박기까지 문의 경첩 틈으로 엿보며 기회를 노렸다. 그러다 허리를 숙이는 찰나 번개처럼 달려와 등 위에 올라탔다. 그러고는 균형을 맞추기 위해 등짝에 더 세게 발톱을 박아 넣었다. 무엇보다 우리를 꼼짝 못하게 만드는 것은 '지배당한다'는 감각이었다. 밤비는 우리가 쩔쩔매는 걸 잘 알고, 굴종의 어부바를 즐기고 있었다. 밤비는 우리도 자신을 바라본다는 사실을 잘 알고 있었던 것 같다. 다른 이의 시선을 의식하는 자의식이 밤비에게는 도드라졌다. 우리가 밤비 사진을 찍고 좋아하는 모습을 보며 자신을 예쁘다고 생각한다는 것을 잘 알고 있었다. 그렇지 않다면 왜 밤비가 거울 보기를 그토록 즐기는지 이해할 수 없을 것이다.

밤비는 거울에 비친 자신의 모습을 보길 즐겼다. 한번은 거울을 보는 밤비의 뒤통수를 멀리서 보고 있을 때였다. 고개도 돌리지 않은 채 거울을 통해 내 눈을 뚫어지게 바라보는 밤비를 보고 깜짝 놀란 적이 있다. 아직도 그 충격이 생생하다. 그동안 거울 앞에서 도낏자루 썩는 줄 모르고 예쁜 척, 귀여운 척, 섹시한 척을 하는 나를 보며 밤비는 무슨 생각을 했을까. 아흐~

밤비는 많은 이야깃거리를 던져주는 아이였다. 우리가 외출했다가 돌아오면 밤비는 항상 집 안에서 일어났던 무언가를 고발한다. 언젠가는 침대 위 이불의 냄새를 맡고는 앞발로 덮는 시늉을 하지 않는가! 태양이가 어디에 오줌을 쌌는지를 고발한 것이다. 누군가 구토를 한 흔적도 알려준다. 뚜껑 열린 사료 통, 깨진 유리컵 등 집 안의 사건 사고를 알려주는 것이다. 뿐만 아니다. 밤비는 다른 고양이들이 자기를 위협한다 싶으면 지나칠 정도로 비명을 지른다. 놀라서 달려가보면 십중팔구 밤비가 다른 고양이들에게 선빵을 날린 흔적을 발견할 수 있다. 밤비는 자신이 지닌 연극적 능력을 십분 활용해 고발한다.

남편은 밤비에겐 그야말로 호구였다. 밤비는 남편 책상 위의 물건을 하나씩 떨어뜨려 종국에는 모든 물건을 바닥에 내동댕이치는 일을 거의 매일 했다. 볼펜 하나를 떨어뜨린 후 남편의 눈을 똑바로 쳐다본다. 다시 안경을 냅다 떨어뜨린다. 그리고 다시 남편의 눈을 쳐다본다. 종이를 한 장 한 장 떨어뜨린다.

"밤비야, 왜 이렇게 아빠에게 히스테리를 부리는 거야? 뭣 때문에 그러는 건데?"

남편이 불타는 밤비에게 기름을 붓는다. 이게 왜 기름이냐면, 이럴 땐 "울 밤비, 아빠가 예쁜 밤비 안 보고 컴터만 봐서 뿔났어? 세상에서 제일 예쁜 밤비가 눈앞에 있는데 그치?" 하며 밤비를 안아 쓰다듬쓰다듬 하는 것이 최선이기 때문이다.

밤비는 앙심을 품을 수 있는 고양이다. 밤비가 어릴 때 남편은 밤비 뒤통수를 손가락으로 톡 친 뒤 딴청 피우는 장난을 치곤 했다. 그럴 때면 밤비는 어김없이 달려들어 그 조그만 입으로 남편의 발꿈치를 물었다. 한번은 갑 티슈의 화장지를 미친 듯이 다 뽑아버렸다. 남편은 깊은 침묵 속에 빠져들었다. 한참 후 진정한 밤비는 언제 그랬느냐는 듯 평화롭게 아빠 책상 위의 한구석에서 잠들어 있었다.

남편은 언젠가 시선을 사로잡는 밤비의 미모에 대해 이렇게 말했다. "밤비는 언제나 우리 시선을 자기에게 집중시키는 능력이 있어. 슈퍼스타 같은 존재지. 타고난 것 같아." 물론 밤비는 눈에 띄는 화려한 삼색 무늬를 자랑하며, 45도

각도로 치켜 올라간 아이라인이 돋보이는 큰 눈에, 뾰족하게 위로 치솟은 큰 귀, 고운 분홍색 입술을 갖고 있다. 누구든 한눈에 그 미모를 칭찬하지 않을 수 없다. 밤비는 화려한 가시성으로 시선을 붙잡아 주목을 끌고, 극적 표현으로 우리에게 사건을 고발하거나 메시지를 전달하거나 이야기를 풀어낸다.

프로이트는 히스테리를 두고, 구강기에 의존 욕구를 정상적으로 해소하지 못한 경우, 과장된 표현으로 주변의 관심을 끄는 행위로 설명했다. 히스테리성 성격의 경우 적절한 관심을 받지 못하면 우울증이나 다른 신체적 증상을 겪을 수 있으며, 자율신경계가 과하게 활성화된다고 알려져 있다. 자율신경계는 감정 표현, 위기 상황에 대한 인지능력과 관련되어 있다고 한다. 밤비의 성격을 제법 잘 말해주는 설명 같다.

밤비는 연극적 능력이 뛰어나다. 스토리텔러라고 할 정도로 표현과 소통에 뛰어나다. 천재는 결핍에서 탄생한다. 밤비는 자기 팔뚝을 젖 모양으로 변형시킬 정도로 젖을 갈망했다. 밤비의 영특함과 비범함은 그 갈망에서 비롯했을 것이다. 길게도 주절거렸지만 내가 정확히 분석할 수 있는 건 단 하나뿐이다. 밤비는 우리에게 너무 크고도 특별한 사랑을 줬다는 것이다. 결국 사랑밖에 남지 않는다.

"옛다 돈이다,
어떠냐? 더 주랴?"

우리 집엔 침대가 없다. 태양이의 오줌 테러 때문이다. 우리 부부와 다른 아이들은 태양이 때문에 더 이상 침대를 쓸 수 없는 지경에 이르렀다.

나는 고양이가 마킹을 하거나 소변 실수를 하는 의학적 이유는 물론, 고양이 커뮤니티에 올라온 글을 죄다 읽어봤지만 태양이가 집 안 곳곳에 오줌을 뿌리고 다니는 이유를 명쾌하게 알지 못한다. 이제는 알려고도 하지 않는다. 문제적 행동의 이유를 일일이 찾는 데 회의가 들었기 때문이다. 과연 이유를 알게 되면 태양이가 침대에다 오줌을 싸는 것도 모자라 우리 부부 얼굴을 향해 싸는 버릇을 고칠 수 있을까? 태양이는 남편이 자고 있을 때 남편의 얼굴을 향해 두 번의 오줌 테러를 저질렀다. 나는 그때 배를 잡고 낄낄댔다. 그랬던 나도 테러를 당하고야 말았다.

우리는 태양이의 숱한 테러에도 침대 생활을 근근이 이어나갔다. 태양이의 테러리즘에 가장 피해를 입은 존재는 밤비였다. 항상 깨끗하고 향긋한 이불과 침대를 좋아했기 때문에 밤비는 태양이가 침대 가까이 오는 것을 싫어했다. 오로지 밤비를 위해서 우리는 매일같이 시트를 갈아 끼우는 호텔 생활을 생으로 유지해나갔다. 그러나 마침내 견디다 못한 우리는 침대를 버리기로 결정했다.

우리 집에서는 태양이만 오줌 테러를 한다. 우리는 그런 태양을 두고 여러 차례 토론을 했다. 남편은 늘 그렇듯 프로이트의 이론에 기댔다. 그럴 만한 게 태양이는 똥 싸는 것도 특이했기 때문이다. 태양이가 똥 싸는 모습은 이렇다. 거실 한가운데에서 똥을 싸고 힘차게 앞으로 달려 나갔다가 다시 돌아와 똥의 상태를 확인한다. 그리곤 우리의 반응을 관찰한다. 남편은 그것이 자기 똥에 특이한 애착관계를 갖는, 항문기적 성애 행동과 닮았다고 주장했다. 항문기 아이에게 똥은 생산 활동의 결과로, 똥을 자신의 분신 혹은 재산으로 여긴다는 것이다.

아이는 성장하면서 자연스럽게 항문기를 지나게 되고, 똥이나 오줌이 아니라 직장을 구해 돈을 벌어야 한다는 사실을 알게 된다. 그렇다면 고양이는? 남편의 주장에 따르면, 태양이는 사냥감을 물어올 수 없는 상황에서 우리에게 자신의 재산을 과시하는 방법으로 똥을 거실 한가운데에 싸고 우리 얼굴에다 오줌을 싼다는 것이다. 말하자면 태양이는 여태껏 항문기에 머물러 있는 셈이다. "아니, 태양이가 우리에게 '옛다, 돈이다. 돈 받아라!'하고 외친다고?" 남편의 해석을 마냥 비웃을 수만은 없었다. 태양이는 우리가 질겁해서 쳐다보건 말건 늘 당당하게 똥을 싸기 때문이다. "어떠냐, 더 주랴?"

내 해석은 조금 다르다. 태양이는 탐험과 여행, 자신의 영토를 넓히고 순찰하는 욕구를 제약당한 데 대한 반발로 이런 행동을 한 것이 아닐까. 모든 고양이가 다 그런 욕구를 갖는 것은 아니다. 고양이 중에는 자기 영역을 매일 탐사하고 방문하는 녀석들이 있다. 주로 대장 역할을 하는 고양이들이 그렇다. 마치 자기 지역구를 순찰하는 것처럼 보인다.

강원도의 한 산골 동네에 살면서 그 사실을 확실히 알 수 있었다. 작은 오솔길을 걸어서 매일 오후 1시쯤 우리 집 마당을 찾아오는 고양이가 있었다. 녀석이 올 때면 근처에 있던 고양이들이 죄다 우리 집 마당에 모여들었다. 바깥이 소란해지면 나는 밥때가 된 줄 알고 사료를 들고 마당으로 나갔다. 그런데 얼마 뒤 그 시간이 조금씩 미뤄진다는 것을 알게 되었다. 처음엔 30분가량 늦게 왔고, 얼마 후에는 한 시간이 넘어 도착했다. 나는 그 고양이의 행색을 보고 이유를 짐작했다. 몸에 이상한 검댕을 묻혀 오는가 하면 몹시 지쳐서 피로한 행색일 때도 있었다. 그 녀석은 자신의 행동반경을 점점 넓히고 있었던 것이다. 마치 영토를 넓히려는 군주와 같은 모습이었다. 영토가 넓어질수록 순찰 시간도 길어질 수밖에 없었을 것이다.

태양이의 성격은 늠름했던 그 고양이를 닮았다. 태양이는 자기 영토를 넓히고 그 영토를 자신의 지배영역으로 표시하기 위해 마킹을 하려는 욕망이 누구보다 강하다. 우리에겐 오줌싸기로 보일지 모르지만 태양이에게 그 행위는 지배력을 획득하기 위한 것이다. 태양이가 길에서 살았다면 군주의 길을 걸었을 거다.

언젠가 시베리아호랑이를 다룬 다큐멘터리를 본 적이 있다.

그 다큐멘터리에 따르면 호랑이는 단지 먹이를 찾기 위해 험난한 여행을 하는 것이 아니었다. 자신이 다니는 길목에 카메라를 숨겨둔 것을 호랑이가 눈치챘다는 점에서 그 불가사의한 여행의 성격을 짐작할 수 있었다. 수십 킬로미터가 넘는 행로에서 일어나는 작은 변화도 호랑이는 놓치지 않고 있었다. 호랑이의 순례적 여행의 성격이 기본적으로 순찰 행위 즉, 영토 관리와 확장이라는 것을 말해준다.

이렇게 쓰고 나니 정신분석가 흉내 내는 남편이 아들냥부심으로 광대뼈가 올라가는 게 눈에 선하다.

"뭐어? 우리 태양이가 호랑이란 말이지!"

그렇다. 나는 지금 배변 테러를 가하는 고양이를 모시고 있을지도 모를 집사들을 위로하기 위해 이 글을 쓰고 있다. 당신의 아이는 호랑이다. 그러므로 똥오줌 테러는 어쩔 수 없다. 차라리 침대를 갖다 버려라.

"지금 널 안지 않으면
죽을 거 같아"

"그 이불 말고 극세사 달래. 옆으로 눕지 말고 똑바로 하늘 보고 누우래. 한 손은 뭐 하고 있느라 안 쓰다듬느냐고 하는데? 다리 더 벌리래."

밤비가 남편에게 원하는 것을 내가 콕 집어 지시해준다. 남편이 잠자리에 들 때 보통은 밤비가 같이 침대 위로 올라가지만 때로는 침대 밑이나 발치에서 남편을 바라볼 때가 있다. 그럴 땐 뭔가 요구가 있는 것이다. 그 요구를 귀신같이 알아채고 남편에게 전달한다.

"밤비가 원하는 세팅이 안 돼 있잖아. 세팅!" 하고 소리 치며 밤비의 불만을 찾아내 다리를 더 벌리도록 허벅지를 찰싹찰싹 쳐 각도를 조절하거나 남편이 덮고 있는 이불을 가지런히 정돈해 주름 하나 없이 펴주곤 한다. 그러면 백발백중, 밤비는 만족한 듯 부드러운 몸을 남편의 몸에 살포시 얹는다.

밤비에 국한한 얘기는 아니다. 나는 초달이가 캣타워에 있을 때 언제 만져줘야 골골송을 부르는지 알고 있고, 놀이 밥을 거부할 때 반찬 투정을 하는 것인지 아니면 그저 심사가 뒤틀린 것인지 안다. 초롬이가 자다 말고 길게 우는 것과 샤샤가… 일일이 열거하자면 끝이 없을 것이다. 나는 이 집안의 통역가로 통한다. 남편은 내가 어떻게 그런 것을 다 알아내는지 신기해한다. "대체 비결이 뭐야?"

남편과 나는 아이들의 특정 행동을 보고 그게 무얼 뜻하는지 가늠하는 대화를 많이 한다. 가장 경계해야 할 것은 의인화다. 인간의 시각으로 보거나 인간의 관점으로 아이들을 평가의 대상으로 삼아서는 안되며, 의도적인 해석이 개입되어서는 안 된다. 상상력을 발휘해서 재미야 좀 볼 수 있겠다만. 우리는 주로 자신의 해석이 맞다고 우기는데, 이 대결에서 나는 9할을 웃도는 승률을 자랑한다. 질투가 난 남편은 내 통역 능력을 애써 무시하려 하지만 결코 무시할 수 없는 경우가 있다. 알다시피 남편은 밤비에게 쩔쩔맨다. 밤비의 의사를 통역해주면 무시하는 척하면서도 곧 여지없이 따른다.

"어, 그건 네가 너무 호들갑을 떤다고 느껴서 그래." "네가 만만해 보이나봐." "잠깐 가만있어보라는데?" 집에 온 지인들은 나의 동시통역을 신기해하지만 그보다는 생각 외로 다채로운 고양이의 언어능력에 방점을 찍는다. "고양이는 참 요물이야." 내가 아이들의 통역사(또는 대변인)라고 자신하는 이유는 늘 관심을 주고 애정으로 돌보기 때문이다. 아이들 각각의 성격과 취향을 낱낱이 파악해둔 것도 '깨알 데이터'가 된다. 보통 고양이가 소리를 낼 때는 무언가를 원하는 것이다. 밥을 달라거나 놀아달라거나 일어나라거나 등등. 이런 요구를 알아듣는 데 그치지 않고 '무엇 때문에, 지금, 나에게, 군이 이걸 원하는가'로 해체해 아이들의 심경을 헤아리는 것이 통역사의 기본적인 자세다.

남편 또한 내 관심과 돌봄의 대상인바, 나는 그가 목이 마르다 느끼기 전에 아이스 아메리카노를 내려 대령한다. 사소한 몸짓만으로도 뭘 원하는지, 어떤 상태인지를 안다. 나아가 무슨 생각을 하는지 그 근원을 아는 데도 도가 텄다. 입 안의 혀처럼 군다고도, 뛰어봤자 내 손바닥 안이라고 할 수도 있겠다. 간혹 피곤할 때도 있지만 나는 이 따위에 보람을 느끼는 사람인지라 기꺼이 봉사한다.

아픈 고양이를 데리고 동물 병원에 처음 방문했을 때 가장 강렬했던 기억은 의사가 고양이를 제쳐두고 나만 바라본다는 것이었다. 고양이는 말을 못 하니 당연하지만 내게는 그 당연한 일이 충격으로 다가왔다. 무엇을 먹었는지, 대소변은 언제 봤는지, 대소변의 색깔과 모양은 어땠는지, 물은 언제 얼마나 먹었는지, 최근에 눈에 띄게 달라진 행동이 있는지, 기분은 어땠는지, 내가 답을 해야 했다.

고양이들에 대한 나의 관심과 관찰의 첫 번째 동기는 아픈 곳을 알아내기 위한 것이었다. 나는 말로 하는 인간들의 대화보다 고양이와 나누는 대화가 때론 훨씬 낫다고 생각한다. 인간의 말은 상대에 대한 관심이나 관찰이 없어도 가능한 것이라서 갈등이나 분쟁의 씨앗이 되기도 한다. 말 뒤에 진심을 숨기기도, 가짜를 진짜로 포장하기도 한다.

그러나 고양이와 대화하려면 관심과 관찰이 필수이다. 그 대화에 불신이나 거짓은 없다. 때문에 실망도 상처도 없다. 고양이와의 대화는 말하고 듣는 것에 그치지 않고 촉각, 후

각 등 온몸으로 확장된다. "밍키! 딱 잡혔어. 엄마가 지금 널 안지 않으면 죽을 거 같아." 느닷없이 꼬리 팡 하고 우다다를 즐기는 밍키는 언제나 심장이 부서지게 귀엽다. 안아 올려 얼굴을 거칠게 부비면 밍키는 작은 가슴을 발랑거리며 숨을 고른다. "내가 딱 5초만 참아준다. 끙"이라고 표정으로 말한다. 그러면 참아줘서 고맙다고 꼭 인사한다.

가끔은 아이들의 목소리를 흉내 내 대화를 시도한다. 위험한 짓을 하려고 할 때 "안돼우워어야야~~~!!!"보다는 한 번의 하악질이 효과적이기 때문이다. 토요일 늦은 아침, 비 내리는 소리를 들으며 포도송이처럼 주렁주렁 매달린 애들을 이불로 폭 감싸 덮으며 "야옹~야옹~~" 내 딴에는 평화롭게 말을 건넨다. 애들이야 뭐 세상 뻘쭘하게 뻔히 쳐다보고 말지만. "엄마, 어제 똥 못 쌌어? 왜 낑낑대고 그래에?"

고양이는 말수가 적다. 자기들 사이에선 소리가 의사소통의 일 순위가 아니다. 경고, 위협, 교미, 위험, 친교 등 명확한 목적이 있을 때만 소리를 내기 때문이다. 반면 인간이랑 사는 고양이는 말의 기능을 캐치해 다양한 소리를 습득한다. 확실히 길냥이들의 목소리를 듣는 경우는 드물다. 그에 반해 우리 애들은 말 많은 '엄빠'를 닮아 수다스럽다. 애교나 재롱으로 자기주장을 펼친다. 평소 얼마나 잘 들어주는지, 호응이 좋은지에 따라 표현력은 증대된다.

반려동물과 하는 대화는 설득할 의도로 하는 경우가 많다. "안돼. 하지 마. 오늘은 못 나가." 설득의 외피를 썼지만 사실 부정적인 명령어다. 이것을 대신할 수 있는 건 없을까. "나가고 싶어요? 홀딱 젖어도 당장 나가야 쓰것어요? 우리 오늘은 딴거 하며 놀지 않을래?" 사람에게 하듯이 일단은 긍정하고 공감하며 대안을 제시하는 쪽을 추천한다.

고양이와 정말 깊이 대화하고 싶다면 하루에 한 번, 단 10분이라도 둘만의 시간을 갖는 것이 좋다. 회사 일과 가사에 쫓겨 지내다 보면 고양이 이름 한번 부르지 않고 지나는 날들도 허다하다. 아이의 이름은 최고의 음성적 기호다. 애정을 가득 담아서 되도록 자주 불러주는 것이 좋다. 이름을 부르는 것은 '내가 널 생각하고 있다'는 표시다.

주제가를 만들어주는 것도 좋은 방법이다. 나와 남편은 아이 모두에게 주제가를 만들어줬다. 아무 멜로디나 짧은 음계에 아이들 이름을 넣어 부르거나 오로지 이름만 반복해 오페라 아리아처럼 노래하는 거다. '초달선생 처음 타는 기차놀이라 차표 파는 아가씨와 실갱이하네~' 또는 '밤비노 바 밤바 밤비 밤뱌 밤비나~'처럼.

나는 인간이 고양이처럼 꼬리가 있어, 꼬리로 기본적인 의사나 감정을 표현할 수 있다면 인간 사회의 크고 작은 분쟁이 지금보다 많이 줄 것이라 확신한다. '아니오'를 '예'로, '예'를 '아니오'로 판단하는 일도 적었을 것이다. 고양이 꼬리가 인간에게 있다면 불필요한 대화가 생략될 것이다. 말이 차지한 자리를 관심과 관찰이 대신할 것이다. 나는 고양이와 같은 언어를 사용하지 않는다. 그래서 우린 관심과 관찰로 관계를 쌓아간다. 그리고 그건 사랑을 기반으로 한다. 사랑은 이면을 들여다보게 만들고, 그 이면은 우리의 본질과 통한다. 사랑은 수정체, 홍채, 결막, 각막 등으로 이루어진 복합 기관을 보며 '너의 눈은 밤하늘의 별이야~'라 노래할 수 있게 하는 기적과두 같은 일이다.

"결코 널 버리지 않을 거야"

초보 집사 시절 나에겐 말 못 할 근심이 하나 있었다. 회사에 출근할 때, 고양이들이 '엄마가 우릴 버렸어'라고 생각하면 어쩌지 하는 것이었다. 고양이들은 내가 떠나는 것에 대해 어떻게 생각하고, 다시 돌아온다는 것을 어떻게 알까? 그래서 출근할 때면 일부러 큰 소리로 고양이들에게 인사했다. "얘들아, 엄마 회사 갔다 올게." 되도록이면 아이들과 눈을 마주치면서 전장에 나가는 병사처럼 꼭 돌아오겠다는 약속의 말을 남겼다. 고양이들은 내가 사냥을 나갔다가 다시 집에 돌아오는 과정을 반복한다는 것을 명백히 알고 있지만 그래도 여전히 인사를 한다. 인사는 우리 사이의 아주 중요한 약속이다.

밍키를 처음 만났을 때였다. 밍키는 새끼 때 아파트 주민에게 입양되었다가 길에 버려진 지 얼마 되지 않은 상태였다. 동네 사정이 밝은 아파트 슈퍼마켓 주인에게서 들은 얘기였다. 그는 '복동이'라는 수컷 고양이를 기르고 있었는데, 그 수컷이 밍키를 후견자처럼 보살펴줬던 모양이다. 슈퍼마켓 주인은 밍키가 버려진 사정을 우연히 알게 되었지만 선뜻 입양하지는 않았다. 몇 개월 전 길에서 떠돌던 어린 복동이를 입양한 것도 뜻밖이었을뿐더러 병원비로 30만 원 이상을 지출한 데 적잖게 놀랐던 것도 한몫했을 것이다. 밍키는 낮에는 복동이와 놀다가 밤에는 홀로 지하 주차장에 숨어 지내는 생활을 했다. 그 와중에 복동이가 동네 고양이들과 싸우다 뒷다리를 물려서 치료를 받게 됐고 두문불출하게 되었다.

밍키는 눈 내리는 겨울날, 복동이조차 보이지 않아 갈팡질팡하던 차에 나에게 발견되었다. 밍키에게는 그 눈이 난생처음 본 눈이었다. 그 어린 것의 눈에 첫눈은 뭐로 보였을까. 나는 원래 밍키를 입양할 생각이 없었다. 온라인 커뮤니티에 입양을 위한 글을 올릴까 고민할 때 남편은 그냥 우리가 데리고 살자고 했다. 이유를 묻자 특유의 무미건조한 어투로 이렇게 답했다. "못생겼잖아. 누가 데리고 가겠어?" 나는 밍키의 눈을 바라봤다. 병원에서는 외상성 백내장 또는 타우린 결핍으로 인한 영양성 백내장이라고 했다. 눈이 아주 작고 사시처럼 모여 있는 데다가 흰자위가 불퉁하니 솟아 있었다. 지금도 약간은 사시다.

무엇보다 밍키의 눈은 버려진 아이의 눈처럼 너무나 불안한 빛을 띠고 있었다. 버려진 주제에, 아니 주제를 알아서 그랬는지 밍키는 발걸음 하나조차 소심하고 조용했다. 그랬다. 남편의 말대로 밍키는 심장을 멎게 할 정도로 귀여운 새끼 늘이 넘쳐나는 입양 대기 목록에서 인기 있는 아이가 될 수 없었다. 남편은 단호하게 말했다. "우리 집에 들인다."

어느 날, 밤비와 산책 나가는 김에 밍키도 함께 데리고 나갔다. 그러나 밍키는 연신 혀를 날름거리며 코를 핥고 불안해하며 안절부절못했다. 급기야 밤비가 나서서 달래주었지만 진정되지 않았다. 밍키는 유모차 구석에 몸을 파묻고 심지어 나와 눈도 마주치지 않으려 했다. 그때 난 밍키에게 버려지는 데 대한 트라우마가 있다는 것을 느낄 수 있었다. 산책을 중단한 채 집으로 돌아오면서 밍키를 보며 약속했다. "결코 널 버리지 않을 거야." 그리고 신기하게도 그런 신뢰를 줄수록 밍키는 더욱 사랑스러워졌다. 말이 늘었고 의사 표현도 곧잘 했으며 고집도 생겼다. 그래서 나는 인사를 계속 한다. 인사는 나에게 헌신을 위한 약속 같은 것이다.

가끔씩 초보 집사 시절을 떠올린다. 독일 출장으로 보름간 집을 비웠다가 돌아오던 날의 풍경이다. 내 고양이들이 날 잊지는 않았는지, 자기들을 버렸다고 낙담하면서 지내고 있었던 것은 아닌지 걱정하며 골목 어귀로 들어섰다. 골목에선 혼자 아이들을 돌보던 초췌한 남편이 해맑게 웃으며 날 반겼다. 남편에게 다가선 순간, 2층 창문에서 아이들이 날 보더니 일제히 부르짖었다. 앞다투어 날 보겠다고 창틀로 뛰어올랐고, 힘이 센 태양이는 다른 아이들을 제치고 방충망을 머리로 들이밀고 튀어나올 기세였다. 모두들 병아리처럼 삑삑대며 큰 소리로 울었다.

나는 감격에 겨웠지만, 짐짓 숨기면서 남편에게 툴툴댔다. "대체 나 없는 동안 애들을 어떻게 돌봤길래 저렇게 엄마를 찾는 거야? 응?"

프랑스 철학자 자크 데리다는 로고스(Logos)라는 샴 고양이를 반려로 삼았다. 로고스는 '말'이라는 뜻이다. 그는 말을 하지 않는 동물과 사람 사이에도 '약속과 동등한 행동'이 있다고 했다. 데리다의 말에 동의한다. 동물들과 우리는 약속할 수 있다. 굳이 말이 아니더라도 의례적 행위를 통해 뜻을 교환할 수도 있다. 고양이들은 내 말과 결부된 행동을 연결해 알아듣는다. 태양이는 하루 두 번 인슐린 주사를 맞는데, 자신의 이름을 부르면 간식을 주기 위해 부르는 것인지 주사를 놓기 위해 부르는 것인지 기막히게 알아챈다. 평소에는 아무리 불러도 들은 척도 않다가 주사를 놓기 위해 부를 때면 내 앞으로 달려와 옆으로 드러눕는다. 주사 놓기 편하게 해주려는 것이다. 아이들과 나는 말을 하고 그 말을 알아듣는다. 그러니 인사는 부질없는 행동이 아니다. 나갔다 온다고, 사랑한다고, 잔다고, 즐거우냐고 인사한다. 매번 인사를 통해 나는 사랑을 약속하고 헌신을 다짐한다.

"집사야, 제정신인 계냥?"

모든 고양이는 필살기를 갖고 있다. 사전적 의미로 필살기 (必殺技)는 '사람을 확실히 죽이는 기술'이다. 그렇다. 고양 이의 필살기는 집사의 심장에 직접적인 타격을 준다. 우리 아이들도 저마다 타고난 자질을 개발해 집사를 후리기 위한 필살기를 갖추고 있다. 이 필살기는 매크로(macro)와 비슷 하다. 매크로는 컴퓨터 용어로 '자주 사용하는 여러 개의 명 령어를 묶어서 하나의 키 입력 동작으로 만든 것'을 말한다. 축구의 신 리오넬 메시의 광팬인 남편의 말에 따르면 '메 시 매크로'가 있단다. 드리블에서부터 슈팅에 이르는 자연 스럽고 유연한 메시의 동작에 매크로가 있는데, 그것을 메 시 매크로라 부른다는 것이다. 축구 팬들 사이에서는 '워낙 반복적인 동작이라 모두가 어떻게 전개될지 알고 있지만 결 코 막을 수 없는 기술'을 일컫는다고. 허 참 나. 거기서 힌트 를 얻어 내 고양이들의 애교를 '필살기 매크로'라고 부르기로 했다.

필살기 매크로는 어떻게 만들어졌을까? 처음에는 집사의 관심을 끌기 위한 아주 우연한 행위에서 시작되었을 것이다. '어라, 이렇게 하니까 집사가 나에게 간식을 준다냥' 하면서 슬쩍 다음에 똑같은 동작을 해봤을 것이다. 그랬더니 또 집사가 간식을 준다. '오호라, 이 집사 아킬레스건이 이것이냥?' 하면서 또 똑같은 동작을 실험해봤을 것이다. '어허, 이 집사 머리 좀 나쁜 듯. 어째 매번 속는다옹.' 고양이의 콧대는 하늘 높은 줄 모르고 치솟고, 집사는 거드름 피우는 꼴을 뻔히 알면서도 캔을 따게 되는 것이다. 내 뒤통수에 대고 득의만만 미소를 흘리고 있을 녀석들의 모습을 상상하면서 말이다.

우리 집 필살기 매크로의 으뜸은 단연 놀이다. 놀은 몇 개의 매크로를 갖고 있는데 우선 뽀뽀 매크로가 특기다. 남편이 밥을 먹을 때 바로 옆에서 부담스럽게 지켜보다가 자기에게 얼굴을 돌리면 남편 입에 뽀뽀를 한다. 그것은 물론 아주 우연찮게 시작된 것이다. 남편은 웃겨 죽겠다는 표정으로 "이것 좀 봐라! 이것 좀!" 호들갑을 떨며 자기가 먹을 어묵을 놀에게 넘겨준다.

그다음에도 같은 일이 반복해서 벌어진다. 남편의 볼에 달라붙다시피 해서는 입을 바라보다가 뽀뽀를 하면 남편은 또다시 "야, 이것 좀 봐라! 빨리 폰으로 좀 찍어라, 뭐 하고 있냐?" 난 묵묵히 폰을 들어 기계적으로 사진을 찍어준다. 남편은 만족감에 절어 어묵을 놀에게 넘겨준다. 나는 그 모습을 보며 바보들의 매크로를 떠올린다.

놀의 두 번째 매크로는 불호령 매크로다. 배가 고프거나 간식이 먹고 싶을 때 쓰는 매크로다. 내 앞으로 척척 걸어와 올려다보면서 동그랗고 큰 눈을 더욱 크게 뜨고서 시어머니인 양 호통을 쳐댄다. '집사야, 제정신인 게냐? 날 아주 굶겨 죽일 작정인 게로구냥! 아이고, 내 팔자야. 내 이노무 집구석을 그냥 콱!'

처음에는 그 모습이 너무 귀여워서 간식을 챙겨줬다. 호통치는 꼴이 재밌어 계속 줬더니 결국 댐이 터졌다. 시시때때로 버럭질이다. 그게 통한다는 사실을 간파한 것이다. 아니꼽고 어이없지만 또 간식을 준다. 열 번 호통에 세 번 정도. 놀의 불호령 매크로 타율은 3할대를 자랑한다.

밍키는 너무 뻔하고 순수해서 그저 귀엽기만 한 매크로를 구사한다. 막내인 밍키는 언니, 오빠들과 나이 차가 꽤 난다. 언니, 오빠들이 잘 안 놀아줘서 엄마 꽁무니만 쫓아다닌다. 빨래를 널려고 베란다로 나가면 베란다로 쫓아오고 화장실에 가도 쫓아 들어온다. 아주 그냥 내 발꿈치에 붙어 다닌다. 그러다 눈이 마주치면 벌렁 누워서 애교를 피운다. 밍키는 처음에 봤을 때 워낙 못생겨서 남편이 일부러라도 볼 때마다 예쁘다고 해주었다. 남편은 그럴 때면 칭찬은 밍키에게 하면서 밤비의 눈치를 살폈다. 알다시피 남편은 밤비의 호구이기 때문이다. 하지만 밤비는 질투하지 않았다. 자기가 보기에도 밍키는 못생겼기 때문에 밍키의 외모에 대한 칭찬을 허락해준 것이다.

우리는 밍키에게 아낌없이 칭찬을 퍼부었다. 그랬더니 밍키는 정말로 자신이 세상에서 제일 예쁘다고 믿게 되었다. 그래서 밍키의 애교 매크로에는 '나는 세상에서 제일 예쁘다'는 믿음과 신념이 깔려 있다. '엄미, 나 무지하게 예쁘징?!' 하는 표정으로 누워서 주먹을 핥거나 팔을 쭉 뻗으며 만져달라고 애교를 피운다.

외견상 무뚝뚝해 보이는 태양이에게도 필살기 매크로가 있을까? 당연히 있다. 태양이는 생김새 그 자체가 필살기 매크로지만, 내 몸 위로 올라와 배와 흉곽 전체를 압박하며 무심한 듯 딴청을 피우는 모습은 한숨이 나올 정도로 멋있다. 사랑하지 않을 도리가 없다. 그 순간 자기 방에서 밤비의 신경질 매크로에 당하며 넋 나간 채 중얼거리는 남편의 목소리를 듣는다. "밤비야, 안 돼, 제발, 그것만은! 아, 아, 안 돼에에에엣!"

분명 밤비는 아빠의 책상 위에 있는 물건을 하나씩 하나씩 바닥에 떨어뜨리고 있을 것이다. 연필 하나 떨어뜨리고 남편 얼굴 빤히 쳐다보고, 볼펜 하나 떨어뜨리고 남편 얼굴 빤히 쳐다보고. 서류 파일, 안경, 책, 티슈, 휴대폰 충전기 등등 모든 잡동사니가 완전히 제거될 때까지 지치지 않고 반복할 것이다. 그때의 남편 얼굴을 상상하면 고소해 미칠 것만 같다. 모든 것을 잃고 완전히 지쳐 나가떨어진 중년의 사내, 자신이 뭘 잘못했는지 모르지만 잘못했다고 연신 빌면서도 용서는커녕 냉대만 받는 중년의 사내가 떠오른다.

초롬이는 박치기 매크로, 샤샤는 발걸기 매크로를 갖고 있다. 초롬이는 무조건 자기 머리를 들이박는 스타일이다. 샤샤는 걸어 다니는 내 발에 과감하게 태클을 건다. 초달이는 짹짹이 매크로를 쓴다. 놀의 불호령 매크로와 비슷한데 훨씬 공포스럽다. 돌고래 초음파로 신경을 박박 긁기 때문이다. 고양이와 사는 내 친구 중 하나가 우리 집에 며칠 머물면서 이런 말을 한 적이 있다.

"언니는 애들을 너무 버릇없이 키웠어. 애들에게도 따끔한 교육이 필요하다고! 내가 애들 교육하는 장면을 봐야 해."

밤비에게 무시당한 후배가 원통해서 한 말이다. 밤비는 하이 톤의 호들갑스러운 목소리를 좋아하지 않을 뿐인데, 그 친구 목소리가 딱 그랬다. 나는 속으로 웃음을 꾹 참았다. 그러던 어느 날 그에게서 전화가 왔다.

"언니, 언니, 우리 루비(함께 구조한 후 입양한 어린 삼색 고양이) 있잖아. 아주 천재야, 천재! 삼차원 공간을 투시한다니까!"

어이가 없었다. 루비가 벽을 투시해 도로 위를 마구 질주하는 자동차를 눈으로 쫓는다나 뭐 어쩐다나. 루비가 매크로를 쓰기 시작했구나. 그도 이제 곧 호구될 날이 얼마 남지 않았다.

태양이와 단풍이의
묘생 유전

우리 집 아이 중 혈연관계를 파악할 수 있는 아이는 태양이와 단풍이, 둘뿐이다. 그마저 정확한 생년월일을 아는 아이는 단 하나, 태양이뿐이다. 다른 아이들은 언제 어디서 태어났고, 엄마가 누군지 얼추 추정할 뿐이다.

태양이는 옥수역과 금호역 사이에 있는 매봉산 자락 언덕배기에 살고 있던 시나리오 작가에게서 가정 분양을 받았다. 생물학적 아빠와 엄마를 모두 알고, 드문드문 태양이 부모와 형제자매 얘기를 전해 듣는다. 태양이는 코숏과 러시안블루가 섞인 검은 고양이인 아빠와 삼색이 살짝 도는 코숏 태비 엄마 사이에서 세 번째 출산으로 태어난 아이다. 2005년 당시 태양의 입양을 홍보하던 글에는 이렇게 쓰여 있었다.

'순하고 활달하며 손 핥아주는 걸 무지하게 좋아하는 녀석. 화장실을 제일 먼저 가리고 식탐도 없는 편. 놀 때는 화끈하게 놀지만 대체로 점잖음. 배를 슬슬 만져주면 손을 마구 핥으면서 그릉그릉함. 손 그루밍을 이렇게 열심히 해주는 녀석은 여태껏 없었음.'

반려인으로부터 태양이가 새끼 때부터 사람 무릎 위에 올라오는 것을 무척 좋아한다며, 얘는 모두의 로망인 '무릎고양이' '개냥이'임이 분명하다는 뉘앙스의 얘기를 들었건만 태양이는 우리 부부가 입양을 위해 방문했을 때 침대 밑에 숨어 나오지 않았다. 어쩌면 자신이 입양되리라는 사실을 예감했는지도 모른다. 끝내 모습을 보여주지 않아 시나리오 작가는 침대 밑으로 기어 들어가 강제로 끄집어내야 했고, 그러던 중에 태양이의 손톱질에 작은 상처를 입었다.

이런 태양이의 모습은 15년이 지난 지금도 변함없다. 낯선 사람이 집에 오면 숨어서 나오지 않는다. 그날 태양이는 작은 종이 상자(휴대폰 박스)에 담겨 집으로 가는 내내 택시 안에서 울었다. 큰 소리로 우는 것도 아니고 목이 쉬어서 갈라진 것 같은 마른 소리로 울었다. 기사 아저씨가 놀라서 뭐냐고 물었던 기억이 있다. 나도 그런 고양이 울음소리는 처음 듣는 터라 애가 어디 아픈 것은 아닌지 집에 오는 내내 걱정했다.

그 울음소리는 여전하다. 태양이가 아무 때나 그런 소리를 내는 것은 아니다. 엄마나 아빠에게 응석 부릴 때, 약하게 보이고 싶을 때 아주 조그맣게 단음절로 '꺽, 꺽' 녹슨 짐자전거 굴러가는 소리를 낸다. 엄마 무릎을 점령하는 것을 넘어 엄마 몸에 붙어 유난히 치근덕대는 '엄마 껌딱지'인 것도 여전하다.

고양이의 생물학적 부모에 대한 정보가 많으면 좋은 점이 많다. 가령, 태양이에게 오줌을 아무 데나 싸는 버릇이 왜 생겼을까, 그 까닭을 찾으며 전전긍긍할 때가 특히 그렇다. 사실 태양이의 생물학적 아빠가 오줌을 아무 데나 싸는 버릇을 갖고 있었다. 태양이의 생김새는 아주 야무지고 똘망똘망한 생물학적 엄마를 닮았지만 하는 짓은 아빠를 닮은 것이다. 그 사실을 알고도 나는 태양이의 버릇을 고치겠다고 애썼다. 온갖 의학적, 심리학적 요인을 추론하고 육묘 지식을 총동원하여 답을 찾으려 했지만 결국 만족할 만한 결과를 얻지 못했다. 그러고 나서야 나는 태양이가 오줌을 아무 데나 싸는 것을 자연스럽게 받아들였다. 그냥 유전이라서 어찌 해볼 도리가 없는 일이라고 인정해버렸다. 그러자 비록 몸은 이불 빨래를 해대느라 피곤하지만 마음만은 편안해졌다.

태양이가 집에 오고 얼마 후 남편과 나는 심각한 고민에 빠졌던 적이 있다. 남편은 당시 인터넷 블로그에서 태양이의 생물학적 형제들이 사는 모습을 정기적으로 들여다보았다. 그 고양이들의 모습과 태양이의 모습을 비교하며 육묘에 도움을 받을 수 있으리라 생각했기 때문이다.

그러던 어느 날 남편은 내게 심각한 고민거리를 안겼다. 남편 말에 따르면, 태양이의 전 세대 형제 중 둘이 입양되었다가 일찍 죽었다는 것이다. 태양이의 생물학적 엄마는 총 세 번 출산을 했는데 태양이는 세 번째 세대였다. 그런데 다른 가정에 입양된 첫 세대와 두 번째 세대가 모두 비슷한 병증으로 사망했다고 내게 제보한 것이다. 우리는 한동안 태양이가 그 비슷한 이유로 죽을까 봐 태양이의 행동을 유심히 관찰하곤 했나. 다행히 형제들이 일찍 죽은 까닭이 유전적 요인은 아닌 것으로 보였다. 태양이의 생물학적 부모가 여전히 건강하게 살아 있는 것이 그 증거였다. 태양이가 두 살이 되어 성묘로 성장할 때까지 이전의 반려인과 가끔씩 소통한 것이 큰 도움이 되었다.

단풍이는 태양이와 달리 우리가 직접 구조해 입양한 아이다. 2008년 태풍 갈매기가 서울을 강타했을 때였다. 폭우가 퍼붓는 며칠 동안 동네에 어미 잃은 새끼 고양이들이 속출했다. 그때 일주일 간격으로 초달이와 단풍이를 구조해 입양했다. 초달이는 턱시도 고양이인데 동네에서 턱시도 고양이를 볼 수가 없었기에 생물학적 부모를 짐작조차 하지 못했다.

그러나 단풍이의 경우는 달랐다. 단풍이를 구조한 지 얼마 되지 않아 나는 집 근처 골목에서 단풍이와 흡사하게 생긴 암컷 태비 고양이를 만났다. 그 아이에게 밥을 주면서 생김새를 유심히 관찰한 결과, 코 옆의 점이라든가 좌우로 약간 넓게 퍼진 얼굴, 그리고 동그란 눈과 눈꼬리가 조금 처진 눈매를 보고 그 아이가 단풍이의 생물학적 엄마라는 결론을 내렸다. 무엇보다 젖이 불어 있었고, 단풍이와 똑 닮은 새끼들을 달고 있었다.

처음에 나는 단풍이를 어미에게 돌려보내야 하는지 고민했다. 그러나 이내 그 생각을 거뒀다. 단풍이의 어미는 아직 어린 나이임에도 이미 여러 새끼를 돌본 탓인지 초췌했다. 먹을 것을 구해 새끼들에게 주느라 영양 상태도 나빠 보였다. 무엇보다 단풍이에게는 더 이상 제 어미의 냄새가 남아 있지 않았다. 나는 부지런히 단풍이 어미와 그 새끼들에게 사료와 닭 가슴살과 물을 공급했다. 시간이 지나 우리 집 주위는 단풍이네 가족의 터전이 되었다.

합정동 당인리 발전소 근처 동네는 당시만 해도 오래된 빌라들이 빼곡한 동네였다. 골목이 좁고 하수구도 작게 설계되어 폭우라도 내리면 침수되는 곳도 생겼다. 이런 동네엔 길고양이가 많이 살기 마련이다. 여름 폭우가 내리면 종종 은신처가 침수되거나 누수되어 고양이들이 터전을 옮기는 생난리가 벌어지곤 한다. 나는 그 모습을 생생히 지켜본 적이 있다. 어미가 폭우를 뚫고 새끼를 하나씩 입에 물고 임시 피난처로 삼은 건너편 빌라에 옮겨놓는다. 하지만 새끼가 가만히 있을 리 없다. 비상사태에 혼이 나간 새끼들은 심하게 울면서 어미를 찾아 아무 데로나 기어가려 애쓴다. 어미는 다른 새끼를 구하기 위해 또 폭우를 뚫는다. 새끼를 구하겠다는 일념 하나로 이를 악물고 이 과정을 반복한다. 어미 고양이의 사투에 인간이 개입할 여지는 거의 없다. 조용히 지켜보는 도리밖에 없다. 어미가 당황하기 시작하면 새끼를 잃어버리는 것은 순식간이다. 어느 해 여름, 당황한 어미가 놓쳐버린 아이 중 하나가 단풍이였던 것이다.

여름 끝자락에 또 한번 태풍이 지나가고 폭우가 그쳤을 때 나는 단풍이 어미가 새끼를 모두 잃었다는 사실을 알게 되었다. 밥을 줄 때 늘 모여들던 새끼들이 더 이상 보이지 않았다. 어린 나이에 출산을 한 단풍이 어미는 새끼를 기르는 데 경험이 너무 없어 보였다. 나는 단풍이 어미를 비롯해 그 가족에게 근 2년 동안 밥을 줬다. 그사이 단풍이 어미는 임신과 출산을 반복했고 이런저런 이유로 새끼들을 잃었다. 그럴수록 단풍이 어미는 더더욱 임신에 매달렸던 것 같다. 어떻게 지렇게 자기 새끼를 다 잃을 수 있단 말인가. 원통한 생각마저 들었다. 중성화 수술을 해주려고 몇 차례 포획을 시도했지만 매일 밥을 주는 나에게조차 단 한 번도 곁을 허락하지 않을 정도로 경계심이 강한 아이였다.

단풍이가 다섯 살이 채 못 돼 급작스럽게 죽었을 때, 나는 단풍이네 가족력이 단명의 원인일지도 모른다고 생각하게 되었다. 단풍이 어미는 2년 동안 내게 밥을 얻어먹다가 어느 날 완전히 자취를 감추었고 어렵사리 살아남았던 또 다른 새끼도 2년을 채 못 살고 사라졌다. 나는 그들이 가지고 태어난 생명의 기력을 다한 것이라고 여기고 부재를 받아들였다.

돌이켜보면 흐뭇하기도 한 사건 하나가 떠오른다. 단풍이의 애칭은 '앙풍이'다. 우리말 '암팡지다'와 프랑스어의 '앙팡테리블'을 섞어 지었다. 몸은 작아도 다부진 성격을 말해주는 별명이다. 단풍이는 우리 집 아이들 중 유일하게 방충망을 사이에 두고 길고양이와 맞짱을 뜨는 배짱을 지녔다. 어느 날 우리가 외출했을 때 급기야 방충망이 찢어지는 사태가 벌어졌다. 집에 돌아와 한 시간쯤 흘렀을까. 알 수 없는 전율이 등골을 타고 흘렀다. 단풍이가 보이지 않았던 것이다. 열어 두고 나간 창문을 다급히 확인했다. 찢긴 방충망이 탄력에 의해 교묘히 봉합되어 있었다. 날은 이미 한밤중이었다. 헐레벌떡 바깥으로 나가자 창문 바로 밑, 어두컴컴한 담벼락 구석에서 날 부르는 목소리가 들렸다. 단풍이는 사람이 다닐 수 없는 좁은 통로의 쓰레기 더미 위에 있었다. 단풍이를 안고 눈물을 흘리며 집으로 들어가려고 돌아섰을 때 근처에 다른 고양이들이 있다는 것을 알았다. 그 고양이들은 바로 단풍이네 가족이었다. 단풍이는 자기의 생물학적 가족들을 만나고 있었던 것이다.

단풍의 몸을 확인해보니 깊은 상처가 여럿 있었다. 상처에 연고를 발라주자 단풍이는 내 품에 안겨 유난히 크게 울었다. 아마도 늘 방충망에 매달려 단풍이를 늘 도발하던 고양이와 으르렁거리다가 둘의 무게를 못 이긴 방충망이 찢어지면서 아래로 떨어졌고, 추락한 후에도 격투가 이어졌던 것 같다. 격투 끝에 그 고양이는 사라지고 홀로 남은 단풍이 주변으로 동네 고양이들이 몰려들었을 거고, 거기에 단풍이네 가족도 있었던 것이다. 그렇게 단풍이는 자신의 생물학적 가족을 만났다. 단풍이 어미도 단풍이를 봤을 것이다. 그어미는 무슨 생각을 했을까. 죽은 줄로만 알았던 새끼가 살아남아서 단단하게 자라난 모습을 본 어미의 심정은 어땠을까. 나는 가끔 그런 생각을 한다. 그때 단풍이 어미는 자식 잃은 한을 조금이나마 풀었을지 모른다고.

너와 난 다르지만,
그건 중요하지 않아

나는 살면서 소위 '코드가 맞는다'는 말에 대해 생각을 꽤 해본 축에 속한다. 우리는 자신이 좋아하는 음악이나 책, 영화, 방문했던 도시 등에 대해 상대가 맞장구를 쳐주면 "우리는 서로 코드가 잘 맞는 것 같아"라는 말을 한다. 왜 우리는 상대방에게 공통점을 찾으려 노력할까? 혹은 왜 자기 닮은꼴을 찾아 헤매는 걸까? 나는 이런 의문을 품고 살았다.

누구나 인생에서 한번쯤은 자신을 매우 특별한 코드를 가진 존재로 여기기 마련이다. '내가 너무나 특별해서 그 누구에게도 이해받지 못할 것'이라는 자기애에 도취할 때도 있는 법이다. 나 또한 그렇게 취해 있었다. 그때 고양이를 처음 만나게 되었다.

내가 처음 만난 고양이는 아내가 캐나다 친구 집에 있다가 무작정 데려온 고양이, 초롬이었다. 만약 그때 억지로 고양이와 살게 되지 않았다면 과연 고양이를 사랑할 수 있었을까? 불가능했을 것이다. 어느 경우에도 고양이와 나는 코드가 맞지 않으므로. 그 점에서 난 아내에게 감사하고 있다.

고양이에 대한 첫인상은 나처럼 '자기애에 취해 있는 낯선 생명체'라는 것이었다. 만약 그 존재가 사람이었다면 나는 되도록 만남을 피하려고 했을 것이다. 하지만 고양이와 나는 함께 살게 된 지 불과 하루 반나절도 안 되어 서로 부비부비 하는 사이가 되어버렸다. 어떤 마술이 있었길래 이렇게 살가운 사이가 되었을까? 분명한 것은 고양이가 내게 먼저 집적거렸다는 거다. 아내는 이 회상 신을 이렇게 일축했다. "그건 당신이 백 년 묵은 여우라서 그래. 가만있으면 얘가 먼저 올 거라는 건 본능으로 안 거지, 흥 칫 뿡."

손대면 톡 하고 터질 듯한 봉선화처럼, 고양이가 나를 처음 두드렸을 때 나는 녹아내렸다. 고양이가 창문을 열라면 창문을 열어주었고, 옥상에 가자고 하면 옥상에 데려다주었고, 산책을 하고 싶다면 함께 걸었고, 잠들 때 다리 사이에 있겠다고 하면 쥐가 나더라도 인간 각도기가 되어 자세를 잡아주었다. 고양이는 내가 책을 읽고 있으면 책 위에 올라왔고, 모니터를 보고 있으면 모니터를 가리고 앉았으며, 손을 움직이고 있으면 그 가냘픈 발로 내 손목을 제압했다. 물론 이따금 화가 나서 야단을 친 적도 있지만, 그 모든 전투에서 나는 속절없이 패배했다.

고양이와 나는 서로 통할 수 있는 코드가 하나도 없으면서도 통했다. '타인은 지옥이다'라는 말은 사르트르의 것으로 알려져 있다. 그러나 사르트르는 그 말이 오해되었다고 했다. 그 말은 타인과의 관계는 언제나 지옥으로 변한다는 의미가 아니다. 우리 삶이 지옥인 까닭은 타인의 잣대로 자신을 판단하고, 타인의 시선과 평가에 지나치게 의존하는 데 원인이 있다는 말이다. 타인을 문제 삼는 것이 아니라 타인의 잣대에 지배당하는 삶을 문제 삼은 것이다.

예를 들면 아내는 남편의 잣대에 의해, 여성은 남성의 잣대에 의해, 학생은 교사의 잣대에 의해, 피고용인은 고용주의 잣대에 의해, 젊은 세대는 위 세대의 잣대에 의해 살아가고 있다. 동일한 코드를 공유한다는 말은 같은 잣대를 공유한다는 의미이기도 하다. 우리는 서로 코드를 공유함으로써 혼자가 아니라는 사실에 안심하지만, 다른 한편으로는 바로 그 이유로 불행하다. 어떤 경우에는 코드를 공유함으로써 누군가를 차별하기도 한다. 한 정치인이 비정상적인 어떤 정책을 꼬집기 위해 '절름발이'라는 표현을 썼고, 장애인

인권 운동을 하던 다른 정치인이 그것을 비판했다. 이를 두고 '절름발이'라는 것은 차별적 표현이니까 쓰지 않는 것이 좋겠다는 의견과 관용구인데 쓰는 것이 왜 잘못이냐는 의견이 SNS를 달군 적이 있다. 그때 나는 장애인이자 성 소수자인 한 사람이 자신의 SNS에 올린 글을 우연히 읽게 되었다.

"절름발이라는 표현이 관용구이므로 일상생활에서 쓰는 것은 아무렇지도 않다고요? 입사 시험 보러 갔는데 의외로 시각장애인 같이 안 보여서 뽑았다거나, 뽑을 때는 몰랐는데 그 정도 일하면 안 되는 거 아니냐 라고 하거나, 퀴어인 걸 직장에서 대놓고 말하는 건 좀 아니지 않느냐는 식의 발언을 주야장천 듣고 사는 저에게 그것은 생계가 걸린 문제입니다." 누군가에게는 그저 관용적인 표현이지만 이런 표현의 일상화가 다른 이에게는 먹고사는 문제와 직결되는 것이다.

고양이와 나는 코드를 공유하지 않는다. 고양이가 내게 준 가장 큰 선물은 바로 아무것도 공유하지 않는다는 사실이다. 고양이는 언제나 명백한 얼굴로 자신과 내가 공유하는 잣대가 없다는 것을 상기시킨다. '넌 대체 무슨 생각으로 내게 이러는 거야?'라고, '넌 대체 커서 뭐가 되려고 이 모양이냐?'하고 고양이에게 물어 봤자 소용없다.

고양이는 나의 잣대에 무심하다. 그래서 나는 고양이와 살면서 내가 갖고 있던 잣대와 가치척도를 하나씩 버리게 되었다. 그것이 나를 행복하게 했다. 정말이다. 퇴근해 현관문을 열면 고양이들이 나를 맞는다. 순간 나를 눌러싸고 있던 모든 견고힌 잣대들이 등뒤에서 녹아내릴 때, 나는 행복했다. 그 행복은 내게 사회를 다른 시각과 태도로 대하게 해주었다. 사회적 잣대, 평가, 시선 따위를 상대적으로, 비판적으로 바라보게 되었다.

주위에는 고양이에게 자신만의 잣대를 들이대는 사람들이 종종 있다. 털이 긴 파란 눈의 샤샤를 보고 "품종이 뭐예요? 비싼 고양이 같네." 하고 말한다. 지나치게 무례하다. 그는 다른 사람들도 등급과 가격으로 평가하고 있을 가능성이 높다. 그러나 고양이는 그런 말을 하는 사람이 남자건 여자건 혹은 트랜스젠더건, 이성애자나 동성애자건, 부자건 가난한 자건, 어떤 인종이건 신경 쓰지 않을 것이다.

나는 인간의 코드를 벗어난 이 작은 생명체를 사랑한다. 내 패션 센스가 엉망이어도 심지어 머리가 떡 져 있어도 개의치 않을 것이다. 고양이는 있는 그대로 나를 받아들일 것이다. 그런데도 나는 고양이에게 불만을 가졌던 적이 있다. 너무 시끄럽게 운다, 가구를 긁어놓는다, 털이 너무 많이 빠진다 등등. 내 잣대로 그 행동을 바라보거나 교정하려고 한 적이 있다. 결국 그것은 나의 이기심에 지나지 않았다. 교정해야 할 것은 있는 그대로 고양이를 사랑할 줄 모르는 나 자신이었다.

고양이와 나는 서로 많이 다르지만 그럼에도 분명 공유하는 것이 있다. 함께 먹을 것을 나누고 한 침대를 쓰는 일이 너무 행복하다. 함께 먹고, 함께 잠드는 지복의 상태. 이것이야말로 우리 사이에 공유해야 할 가장 소중한 잣대다. 그 깨달음이 고양이가 내게 준 가장 큰 선물이다. 오늘도 고양이가 내게 이렇게 말하는 듯하다. "너와 나는 다르지만 그건 중요하지 않아. 오늘도 함께 먹고, 함께 잠든다는 게 중요해. 행복한 밤이야."

이게 사랑이다.

4

장

여덟 남매 병원 일지

건강 복불복

여덟 고양이들과 함께 사는 동안 온갖 이유로 병원을 들락거렸다. 내게는 아이들의 진료 기록과 영수증을 모아놓은 상자가 있다. 숫자가 바랜 영수증, 메모가 빼곡한 혈액검사지와 초음파 사진이 가득한 상자를 들여다 보노라면 아이들과 웃고 울던 시간이 주마등처럼 스쳐간다.

초롬이와 샤샤의 선천성 질환 외에 밤비의 특발성 방광염 말고는 짧게는 여섯 살, 길게는 여덟 살까지 모두 건강했다. 턱드름이나 변비 또는 설사, 일시적인 피부병 뭐 이런 거로 쩔쩔매고 난리굿이었더랬는데. 정말 까마득하다. 약 셔틀, 물 셔틀, 주사 셔틀을 안 한 날들이 있었다니. 그런 호시절이 있었다니. 어릴 때부터 미친 듯 신경을 썼더라면 보호자인 나에게 신경쇠약이 왔을지언정 아이들은 평생 질환 없이 건강했을지도 모른다. 하지만 애들을 돌보며 얻은 결론은 '건강 복불복'이라는 거다.

회고해보니 아이들 각각의 병증은 성격과 밀접한 관련이 있는 듯하다. 병증과 성격의 상관관계에 대해 '매사 이랬다저랬다 말 뒤집기를 잘 하고, 하는 일에 금방 싫증을 내는 성격의 소유자는 대체로 간이 나쁘다' 같은 설은 사실 여부를 떠나 매우 그럴싸한 얘기라고 생각한다. 간 건강이 좋지 않으면 쉽게 지치고 지구력이 떨어지지 않는가.

심지어 병증이 인간의 사고를 좌우한다는 가설도 있다. '신은 죽었다'고 외친 철학자 니체는 인생 전반에 걸친 다양한 병력으로 유명하다. 마비증과 매독, 이질, 우울증, 소화 장애, 근시, 구토를 할 정도로 심한 편두통에 일생을 시달렸다. 그럼에도 니체는 "고통을 통해 정신이 성장하고 새 힘을 얻게 된다"고 말했다. 대단해!

병원 진료 기록은 아이들 고유의 아픔과 괴로움에 대한 서사를 구축한다. 그러나 다른 한편으로는 각각의 개성을 드러내주는 기록이기도 하다.

초롬아 괜찮다, 이젠 괜찮다

병원을 좋아하는 고양이는 없다. 얼마나 의연하게 대처하느냐에 따라 차이가 날 뿐이다. 우리 아이들 중 병원을 겁내지 않은 아이는 초롬이다. 엄살을 피우거나 위축된 모습은 전혀 보이지 않았다. 그런데 혈당 수치가 너무 높게 나와 의사와 나를 깜짝 놀라게 만들었다. 당뇨병을 의심했지만 아니었다. 집에 돌아와 다시 측정해보면 혈당이 정상으로 돌아와 있었기 때문이다. 이것은 초롬이가 실은 병원에서 엄청난 스트레스를 받아 흥분 상태였다는 것을 말해준다. 그러면서도 겉으로 내색하지 않은 거다. 초롬이는 그런 아이다. 감정 표현을 절제하고 속으로 삼킨다.

밤비가 들어왔을 때 이런 초롬이의 성격이 두드러지게 드러났다. 밤비가 온 날부터 초롬은 일체의 애교를 끊고, 야옹 소리 한번 내지 않았다. 나에 대한 서운함이나 밤비를 향한 실투를 꾹 눌러둔 것이다. 나는 초롬이가 얼마나 힘들게 애쓰고 있는지 알았다. 너무 안쓰러운 한편 대견하기도 했다.

초롬이는 뇌전증(간질)을 앓고 있어 가끔 격렬한 발작을 일으킨다. 간격은 길게는 6개월, 짧게는 달에 두 번 할 때도 있었다. 초롬이가 발작을 시작한 것은 오빠인 도롬이의 추락사를 목격하고 목욕을 한 이후라고 한다. 정신적 충격이 원인이라고 생각했지만 심인성이라기엔 개운치 않아 진료를 의뢰했다. 수의사는 뇌의 문제일 경우 평생 약을 먹으며 조절해야 하는데, 일상 생활이나 다른 건강상태가 양호한 초롬의 경우 득보다 실이 많다며 만류했다. 정밀 검사를 해도 발작의 정확한 이유를 알 수 없을 거라는 마지막 말에 나는 깨끗이 물러섰다.

발작 횟수만이라도 줄여보고 싶어 그 패턴을 기록했고, 네 시간 이상 깊이 수면을 취할 때 일어날 확률이 높다는 아주 아주 초라한 결괏값을 얻었다. 사실 고양이는 예민한 생명체라 아깽이 시절을 제외하고는 푹 자는 경우가 드물다. 사람으로 치면 초저녁 거실에서 선잠을 자는, 잠귀 밝은 엄마들 같다고나 할까. 그래서 초롬이를 주기적으로 깨워서 먹을 것을 조금씩 주고 있다. 그나마 나이가 들면서 이 패턴도 깨지고 있다. 나는 이 사실이 견딜 수 없이 서럽고 무섭다.

초롬이는 발작이 그치면 오줌과 침으로 범벅이 되어 축 늘어진다. 나는 초롬이를 안는다. "초롬아, 초롬아…" 할 줄 아는 말이 그것밖에 없는 것처럼 읊조린다. 그러면 동공이 활짝 열린 초롬이가 조금씩 꿈틀대며 일어서려 애쓴다. 잠깐의 죽음에서 부활한 초롬이를 부여잡고 누구에게 하는 소리인지도 모를 말을 연신 중얼거린다. "괜찮다, 이제 괜찮다." 나는 그때마다 미켈란젤로의 조각상 '피에타'를 떠올린다.

초롬이는 간 크기가 다른 고양이들에 비해 작고, 치주염으로 위쪽 어금니 두 개를 뽑았으며, 오른쪽 아래 송곳니는 신경치료 후에 레진으로 떼웠다. 항문낭이 터진 것을 빼고는 잔병치레를 하지 않았는데, 작년에 신우신염을 크게 앓고 나서 급격히 쇠약해졌다. 기골이 장대한 까닭에 한창 때는 7.6킬로그램까지 나갔는데 다이어트 후 6킬로대를 쭉 유지하다가 지금은 4킬로 남짓 나간다.

최근 들어 정신적으로 컨디션이 오락가락 할 때가 많다. 두서없이 집 안을 배회하거나 이름을 불러도 느리게 반응하곤 한다. 나는 자존심 센 초롬이에게 티를 내지 않으려 노력하고 있다.

골골 백세 샤샤,
나 안 죽었어

샤샤도 병원에서는 제법 의연한 고양이다. 지나치게 겁을 먹거나 난동을 부리거나 큰 소리로 울지 않는다. 샤샤는 어릴 때부터 백혈병으로 인한 안구 질환을 앓았다. 입양 후 병원에서 모태 감염으로 인한 선천성 백혈병으로 진단을 받았고 의학적 조치 없이 세 살 즈음에 완치되는 기적을 연출했다. 첫 진단이 워낙 확실한 터라 다른 병원에서 진료를 받으면 샤샤의 백혈병 병력을 얘기한다. 그런데 그 말을 믿는 의사가 없다. 아직까지 살아 있을 수가 없다고 한다. 처음 진단받을 때도 길어야 3년이라고 했다. 하지만 샤샤는 골골 백세를 신조로 맞난 거 달라며 오늘도 에에엥 사이렌을 울리며 내 발치를 맴돈다.

백혈병 탓인지 어려서부터 치아흡수성병변과 치주염이 심했다. 고양이는 치과 치료를 하려면 전신마취를 해야 한다. 나이가 들면 기력도 약해지고 기저 질환이 생기기 마련이라 평소 치아가 문제인 아이라면 열 살을 전후로 치아 정비를 미리 해두는 게 좋다. 샤샤는 열 살에 아래 송곳니와 위아래 앞니를 제외한 나머지를 발치했다. 이건 신의 한 수였다. 긴 마취에 앞서 심장 초음파 검사를 먼저 했는데 심근비대증(HCM)이 있다는 사실도 알게 되었다. 전체 발치를 하면서 급작스레 생긴 가슴팍의 양성종양(메추리알 크기)도 함께 제거했다.

샤샤는 안구 질환과 긴 털 때문에 자신의 외모에 불만을 가진 듯하다. 다른 고양이들도 얼마간 샤샤를 두려워했다. 그 때문인지는 모르겠으나 샤샤는 자신의 털을 거추장스러워하고 그루밍도 전혀 하지 않았다. 빗질을 해주지 않으면 털이 엉기면서 각종 피부 트러블이 생겼다. 누군가 자신의 털에 손대는 것도 극도로 싫어했다.

매년 여름이면 집에서 남편이 '야메'로 미용을 해줬는데, 이마저도 샤샤의 스트레스를 줄이기 위해 재작년부터 하지 않게 되었다. 그저 편하게 누워 잘 때 가위로 살금살금 한 달에 걸쳐 이발을 해준다. 덕분에 한 달 내내 어찌나 샤샤 눈치를 보며 사는지, 휴….

샤샤의 노화는 초롬이보다 일찍, 그러나 천천히 찾아왔다. 몇 해 전부터 쩔름쩔름 걷기에 혈전 검사인 디다이머(D-dimer)도 하고 엑스레이도 찍었는데 별다른 문제는 없었다. 기력이 쇠하고 나선 서두른다고 잘 사는 게 아니라는 사실을 깨달은 모양이다. 그도 그럴 것이 지금은 간식 시간에만 딱 맞춰서 오도도도도 잘 달려오기 때문이다.

간호사 쌤, 나 이쁘냥?

병원 방문 횟수로는 밤비가 으뜸이다. 어미젖을 먹지 못해 체격이 작은 데다 허약 체질이라 맥이 조금만 빠져 있어도 병원부터 달려가곤 했다. 덮어놓고 병원 가면 통장이 병든다는 걸 알지만, 어쩌랴. 꾸역꾸역 문지방이 닳도록 갈 수밖에.

다행히 병원에 갔다 오기만 해도 밤비는 대체로 활기를 되찾는다. 재미있는 점은 병원에서 돌아 와 밤비를 실은 이동장을 거실에 내려놓으면 아이들이 모두 몰려와 밤비의 냄새를 맡는다는 점이다. 밤비 혼자 산책하고 돌아왔을 때도 그렇다. 그러면 밤비는 우아한 동작으로 아이들 사이를 유유히 빠져나가 거실 한가운데에 클레오파트라처럼 비스듬히 누워 자기 털을 고르면서 관심을 즐긴다. "차가 어찌나 막히던지. 아, 그리고 새로 오신 간호사 쌤이 내 미모에 또 홀딱 반했잖아." 밤비는 병원에서 우왕좌왕 정신없이 구는 편이다. 그러나 예쁘다는 칭찬을 들으면 마법처럼 얌전해진다.

밤비는 온갖 예방접종에도 유행성 범백(범백혈구감소증)에 걸려 생긴 포도막염으로 실명 위기가 와 통원치료를 받았던 적도 있다. 악성 유선종양인 줄 알고 울고불고 난리쳤던, 지방종 제거 수술을 받기 위해 한 여러 번의 검사에서 원인불명의 혈소판감소증도 발견되었다.

밤비는 특발성 방광염으로 두 차례 입원해 치료받은 적도 있다. 당시 남편은 매일같이 병문안을 해 병원 관계자들을 놀라게 하는 갸륵한 정성을 보여줬다. 그 병문안은 늘 같은 패턴을 반복했다. 몰래 밤비를 지켜보다가 가냘픈 목소리로 밤비의 이름을 부른다. 귀를 쫑긋 세우고 눈을 사방팔방 굴리며 밤비의 반응이 극에 달하면 짠하고 밤비 앞에 나타나는 것이다.

나는 그 짓이 창피해 멀찍이 떨어져 둘을 지켜보곤 했다. 이산가족 부녀 상봉이 따로 없었다. 간호사들의 말에 따르면 밤비는 입원 기간 내내 옆자리에 입원한 다른 고양이와 수다를 떨었다고 한다. 그러니까 남편이 나타나기 전까지는 엄청 멀쩡하게 입원 생활을 즐기고 있었다는 말이다.

혈소판감소증은 여러 시도에도 낫지 않았다. 그래서 밤비는 손에 쥐면 터질세라 바람 불면 날아갈세라 특별 대우를 받았다. 밤비에겐 뭐든 강단 있게 행하질 못했다. 억지로 뭔가를 하려고 하면 "에엥에엥" 하는 밤비 소리가 "엄마, 아픈 밤비에게 이렇게까지 해야 해?!"라고 들렸기 때문이다.

애면글면 고이 키운 밤비는 혈소판감소증과는 무관한 급성 심부전증으로 허망하게 무지개다리를 건넜다.

나는 시방 한 마리
사나운 짐승이여

겉으로 드러나는 것만 보면 병원에서 가장 스트레스를 받는 건 태양이다. 병원에 가면 에미 애비도 몰라보고 닥치는 대로 달려들어 물어뜯을 것처럼 사나워진다.

한 살을 갓 넘어 중성화 수술을 받으러 병원에 갔을 때다. 흥분한 태양이를 도저히 진찰대 위에 올려놓을 수 없어 의사와 병원 관계자 여럿이 들러붙어 이동장째로 진찰실로 데려 갔다. 그때 난 대기실에 있었는데, 우당탕하는 소리와 함께 거대한 한 마리의 짐승이 길게 내지르는 포효를 들었다. "저 것은 내 아들냥이 아니여…."

한번은 작은 병원에 간 적이 있는데, 한바탕 소동을 치른 뒤 의사가 초췌해진 모습으로 황급히 내 협조를 요청했다. 들어가보니 튼튼한 동물용 구속복이 찢겨져 있었다. 태양이가 찢고 탈출한 것이다. "이서 제가 특별히 제작한 건데요, 이 걸 찢은 아이는 개원 이래 태양이가 처음입니다. 허허허."

태양이가 무는 힘은 생살을 찢는 차원을 넘어 뼈가 뚫리는 듯한 고통을 준다. 한번은 병원에서 내 중지 끝마디가 날아갈 뻔했다. 그 서늘하고 무시무시한 공포를 잊을 수 없다. 다행스럽게도 태양이는 나이가 들어가면서 병원에서 난동을 부리지 않았다. 다만 진료 때면 반드시 내가 보조로 함께 하며 태양이의 두 손을 꼭 잡고 기도하듯이 어른다. "태양왕, 엄마 봐, 엄마만 봐." 그러면 기특하게도 나만 바라본다. 왕왕왕 귀청이 울릴 정도로 울어대면서.

2012년 12월 말, 단풍이를 먼저 떠나보내고 이듬해 초 태양이가 당뇨병 확진을 받았다. 7킬로그램이던 몸무게가 한달 반 사이 5.2킬로까지 내려갔다. 애를 쓴 끝에 지금은 5.8~6킬로의 무게를 유지하며 혈당 관리도 잘되고 있다. 사람들은 태양이를 보고서 "정말 당뇨 고양이가 맞나?" 묻는다. 하루 두 번 주사 맞는 것만 빼면 태양이는 튼튼한 근육질의 수컷 그 자체다.

2015년 여름, 항문낭 수술을 하며 오른쪽 팔목의 양성 흑색종도 함께 제거했다. 이때도 왼손 검지 손톱이 홀라당 빠질 정도로 심하게 발악했다. 집에 돌아온 태양이는 항문낭 수술을 한 엉덩이, 흑색종을 제거한 오른손, 발톱이 빠진 왼손 모두에 붕대를 칭칭 감아 한동안 미라 상태로 지냈다. 무엇보다 태양이에게 스트레스였던 것은 넥칼라 때문에 그루밍을 못하는 것이었다. 녀석은 술에 취한 사람처럼 여기저기 마구 부딪히며 넥칼라와 싸웠다. 하지만 태양이가 누구더냐. 거적때기를 걸쳐도 광이 나는 아이다. 내겐 그 모습마저 근사했다. 히히.

궁디 팡팡, 부끄럽다, 놀

병원에 데려갔을 때 반려인이 부끄러워질 수 있다는 사실을 처음으로 알게 해준 아이가 놀이다. 너무 부끄러워 의료진 앞에서 고개를 들 수 없을 지경이었다. 놀은 전형적인 엄살 쟁이로, 병원에 불만이 많은 장기 입원 환자처럼 군다.

놀은 치아흡수병변으로 왼쪽 어금니 두 개를 발치했고, 헤르페스에 감염돼 환절기나 컨디션이 좋지 않을 때면 콧물을 흘리거나 결막염 증상이 나타난다. 그것 말고는 유난한 식탐과 왕성한 활동력으로 건장한 묘체를 자랑하며 몸무게가 무려 8킬로그램까지 나갔다. 그런 놀의 거구를 무너뜨린 것은 췌장염이었다.

놀이 췌장염으로 입원했을 때다. 둘째 날 경과를 보기 위해 면회를 갔는데, 의사의 표정이 좋지 않았다. 잔뜩 걱정스레 놀의 상태를 묻자 의외의 불만이 터져 나왔다. 놀이 입원실 안에다 응가를 푸짐하게 싸놓고는 그걸 온몸으로 뭉개고 엄청나게 신경질을 냈다는 거다. 자기 똥을 몸으로 뭉개는 고양이는 보통 중환일 경우다. 하지만 놀은 아주 쌩쌩한 상태에서 똥을 몸으로 뭉갰다.

왜 그랬을까? 자기가 똥을 싸났는데 간호사가 그걸 빨리 치우지 않았기 때문이 아니었을까 싶다. "똥을 빨리 치워달란 말이다옹! 안 치우면 확 깔아뭉갤 것이다냥!" 간호사들이 미처 똥을 발견하지 못했나 보다. 나중에 발견했을 때 놀은 가관이 아니었다고 한다.

어쩔 수 없이 간호사들이 달려들어 놀을 목욕시키려는데 또 버럭질이 장난 아니었다고 한다. "그냥 놔둬라! 이제 와서 무슨 짓이냐옹? 날 능멸하려는 게냐냥냥? 이 상태로 그냥 살런다앙!" 놀은 불호령으로 간호사들의 혼을 쏙 빼놨다. 한마디로 진상 환자였다.

나는 그 모습이 눈에 선해 간호사들에게 팁을 알려줬다. "놀은 궁디 팡팡을 좋아해요." 그다음부터 간호사들은 놀이 신경질을 부릴 때마다 궁둥이를 두들겨줬다. 궁둥이를 두들겨주면 좋다고 미친 듯이 자지러지는 놀의 모습 또한 눈에 선했다. 사실 궁디 팡팡은 최후의 보루로 남겨둔 달래기 비법이었다. 궁디 팡팡에 있어 놀의 갈증은 만족을 모른다. 혀를 내두르는 간호사들의 모습도 눈에 선했다.

병원에선 SNS를 통해 보호자들에게 입원 고양이들의 소식을 전해줬는데, 놀도 종종 등장했다. 놀의 앙앙대는 모습이 해시태그 '#궁디팡팡'과 함께 떡하니 올라와 있었다. "놀이 진짜진짜 궁디 팡팡을 얼마나 좋아하던지요…;;" 놀아, 퇴원 수속 밟으면서 임마는 수치사(死) 할 뻔했다.

놀은 황달이 올 정도로 심한 췌장염을 겪고 나서 정밀 검사를 받았다. CT 촬영 결과 췌장 전체가 정체를 알 수 없는 덩어리로 둘러싸여 있다는, 췌장 자체가 농양으로 변이된 것일 수도 있다는 소견과 함께 6개월 시한부 판정을 받았다. 의사들은 해줄 게 없다고 했다.

기존에 먹던 건사료나 습식사료가 설사나 구토, 복통을 유발하는 횟수가 늘어났다. 고민이 깊어지던 중, 태양이가 먹다 남긴 생식을 챱챱챱 하던 놀을 발견했다. 그토록 거부하던 생식을 지가 알아서 먹다니! 저놈이 살겠다고 찾아 먹나 싶었다. 놀의 보신주의, 일신주의에 감사할 뿐이다.

췌장이 그 모양임에도 4년째 놀은 정상적으로 먹고, 마시고, 싼다. 의사 말로는 '플라세보효과밖에 없을' 약도 먹이고 있긴 하다. 의사들도 놀라는 신기한 일이고, 천만다행한 일이다. 다만 췌장의 그 무엇인가가 터지면 생명을 다하는 것은 어쩔 수 없는 일이다. 놀은 마치 시한폭탄과도 같다. 맛난 거 앞에서는 호통과 버럭을 일삼는 똥꼬 발랄 다이너마이트!

제가 보이나요?
유령입니다만

병원에 가려고 이동장을 꺼내는 순간부터 눈치 게임이 시작된다. 초달이는 자신이 당첨된 줄 귀신같이 알고서 몸을 숨긴다. 최소 이틀 전부터는 이동장을 가구처럼 디스플레이해놓아야 한다.

초달이는 병원에 가면 혼비백산한다. 안 그래도 큰 눈을 땡그랗게 키우고 연신 침을 꼴딱꼴딱 삼키며 찍소리도 안 낸다. 이동장에서 꺼내 진찰대 위에 올려놓으면 몸을 잔뜩 굳혀서는 꼼짝하지 않고 앉아 있다. 손바닥과 발바닥엔 땀이 줄줄 흘러 흥건하다. 너무 겁이 난 나머지 '난 석고상이요오, 난 유령이다아'는 전략을 취하는 것이다.

그래도 태양, 밤비, 놀에 비하면 상대적으로 다루기가 쉽다. 긴장하면 바짝 얼어버리기 때문이다. 병원에서도 초달이를 좋아했다. 허나 자주 보는 의사는 "초달이 또 엄청 흥분했네요"라고 정확히 알아챈다.

초달이는 큰 병이 없으나 특발성 방광염을 두어 차례 앓았다. 방광염은 스트레스와 관련이 깊다. 특히 이사를 하고 나면 방광에 꼭 문제가 생겼다. 워낙 예민하고 조심스러운 성격이라 이사를 하면 하루 이틀 정도는 기본으로 굶고, 어디엔가 꼭꼭 숨어서 잘 나타나지도 않는다.

그래서 이사할 때면 나도 그렇고, 다른 아이들도 그렇고 초달이를 열심히 챙겨줬다. 모두 초달이 달래기에 여념이 없다. 초달이는 영락없는 응석받이다. 쿨내 진동하는 초롬이도, 못마땅하게 굴면 뒤통수를 갈기는 밤비도 초달이를 안아줄 정도다. 초달이는 자신이 불리할 때면 태양, 놀, 초롬, 샤샤, 밤비 심지어 막둥이 밍키에게까지 자신을 의탁한다.

초달이가 새집에 적응하는 데는 평균 이틀이 걸린다. 이틀이 지나면 언제 그랬느냐는 듯 제일 열정적으로 집 안을 헤집고 다니며 탐색한다. 사실은 이것도 초달이의 겁 많은 성격이 반영된 행동일 것이다. 유사시에 숨을 곳을 물색하기 위해 집 구조를 샅샅이 파악해두는 것이니까.

겁이 많고 조심스러운 성격이지만 소심한 건 아니다. 평소 초달이는 자기주장을 가장 드세게 하는 아이다. 원하는 게 있으면 관철될 때까지 지칠 줄 모르고 빽빽댄다. 무언가 자신이 용납할 수 없는 것을 시킬 때도 가장 거부반응이 심하다. 단적으로 약 먹이기가 그렇다. 백이면 백 토한다. 어떤 속임수를 써도 귀신같이 알고 다 토한다. 그래서 "초달아, 너는 아프면 큰일 난다." 주문 외듯 주절거렸건만 작년 1월, 췌장염이 찾아와 초달이마저 '환묘 리스트'에 이름을 올렸다. 초다리우스 너마저… 커흑.

진작에 중성화를
시켜달랑께

밍키는 중성화 수술 이후 병원을 딱 세 번 방문했다. 분리 불안이 심하고 집 밖에 대해 극심한 두려움을 갖고 있기 때문에 특별한 문제가 생기지 않으면 병원을 가지 않았다. 다른 아이들에 비해 한창일 때라서 굳이 병원을 찾아야 할 이유가 딱히 없기도 했다. 무엇보다 쥐새끼 풀 방구리 드나들 듯 병원 다녀봤자 걱정만 한 보따리 얻는다는 기왕의 경험이 병원을 꺼리게 만들었다.

밍키는 우리 집에 온 지 한 달이 채 안 되어 발정이 났다. 월령으로 봤을 때 첫 발정은 아니었던 것 같다. 희한하게 밍키의 발정은 텀이 없었다. 보통 일주일 간격으로 발정이 나면 2~3일은 쉬는 시간이 온다. 그러나 밍키는 한 달 내내 발정으로 괴로워했고, 방광염에 자궁축농증까지 올 정도로 심했다. 이때 밍키는 하루 두 시간 이상을 자지 않았다. 먹는 것도 죽지 않을 만큼만 먹었다. 당장 중성화 수술을 해주고 싶었지만 발정 중에 수술하는 건 위험하기에 숨죽이며 기다릴 수밖에 없었다.

중성화 수술은 무사히 끝냈지만 백내장은 딱히 치료법이 없었다. 그렇다고 위험한 것도 아니었다. 현재는 타고난 것인지, 백내장의 영향인지 고양이 치고는 눈 크기가 작은 편이다. 세 살 무렵 걷는 게 불편해 보여 병원을 방문한 적이 있다. 걷고 뛰고 하긴 하는데 도약할 때 주춤주춤한 것이 분명 문제가 있어 보였다. 병원에서는 미세한 허리 디스크 증상과 비슷하다는 진단을 받았다. 고양이가 허리 디스크라니? 노묘만, 그것도 극히 드물게 온다는 허리 디스크가 앞길 창창한 밍키에게?

놀라웠지만 평소 밍키가 노는 모습을 보면 그럴 만하다는 생각이 들기도 했다. 밍키는 참 야무지게 노는 스타일이다. 놀 때는 무엇 하나 건성으로 하지 않는다. 암팡지게 낚싯줄에 매달린 잠자리를 물어뜯고 180도 유턴, 공중 트리플 악셀 등 고난도 묘기를 선보인다. 밍키가 사람이었으면 분명 고민할 것도 없이 체육학과로 진로를 정했을 것이다.

의사는 우리가 집을 비운 사이 모종의 사건이 있었을 것이라고 했다. 그 말을 입증하듯 밍키는 높은 장식장이나 책장에는 올라가지만 남편이 목공을 배워 직접 만든 캣타워에는 안 올라갔다. 강제로 올려놓으면 잽싸게 내려온다. 다행히 허리디스크는 자연스레 나았다.

밍키는 언제나 명랑 쾌활 그 자체다. 늘그막에 얻은 막내라 그런지 그저 한없이 귀여워 아예 자유방임형으로 키우고 있다. 그래서인지 밍키는 문명의 혜택 따위는 받은 적 없는 고양이처럼 자기 위도 없고 아래도 없는 안하무인 행동을 거

침없이 해댄다.

증조할머니뻘이라고 해도 모자랄 초롬이의 뺨을 때리는가 하면, 할아버지뻘인 태양이의 수염도 잡아당겼다. 놀은 밍키에게 기가 눌린 지 이미 오래다. 놀은 밍키 앞에서 늘 꿀 먹은 벙어리가 된다. 나에게 호통치던 놀을 생각하면 배신감이 들 정도다. 그러면 어떤가. 그저 무탈하기만 해도 네 몫의 효도는 넘치도록 한 거다 싶다.

고양이 왕

나는 친구들에게 '고양이 왕'에 대해 말한 적이 있다.

"고양이들 사이에 왕이 있다고? 금시초문인데." 대부분은 이렇게 반응한다. 그렇다. 고양이들은 군집 생활을 하지 않고 단독 개체로 생활한다. 어미 고양이의 육아기, 그리고 새끼의 성장기를 제외하면 가족 단위로 생활하는 기간조차 길지 않다. 그러므로 동물학자들도 인정하듯이 군집 생활을 하지 않는 고양이에게 우두머리는 존재하지 않는다. 그러나 내가 말하는 고양이 왕은 우두머리를 의미하는 것은 아니다. 내가 생각하는 고양이 왕의 이미지는 순례하는 수도자, 중세의 방랑 기사, 로마 시대에 있었다는 순찰하는 민정 호민관에 좀 더 가깝다. 종교에 무지하지만 '예수는 왕'이라고 할 때 그 왕은 권력으로서 지위를 의미하는 것은 아닐 것이다. 말하자면 왕은 세속적인 의미보다 종교의 상징적 의미를 가진다.

내가 고양이 왕이 존재할 것이라고 생각하는 이유가 있다. 우선 고양이는 영토에 소속되어 있다. 고양이는 주인을 따르지 않고 집을 따른다는 속설도 그렇기 때문에 나온 것이리라. 고양이는 자기 구역이 있고 그걸 지키려고 한다. 이렇게 영토를 중요하게 생각하는 고양이들이 군집 생활을 하지 않고 권력과 위계를 만들지 않는다는 것은 신기한 일이다. 내 가설은 이렇다. 고양이는 군집 생활을 하지 않는 것이 아니라 군집하는 방식으로 영토를 공유할 것이라는 가설이다. 고양이들은 우두머리를 중심으로 뭉쳐 살진 않지만 영토를 공유하고 교류하며 단독 생활을 하는, 영토 종심의 무정부적 공동체 생활을 한다고 생각한다.

무정부 상태의 공동체이므로 더더구나 왕이 있다고 할 수는 없는데, 나는 왜 왕이 있다고 생각하는가? 그 이유도 고양이와 영토의 관계 때문이다. 보통의 동물은 자기 확장 욕망을 번식 활동을 통해 해소한다. 권력을 차지하거나 무리에 영향력을 행사하는 행위를 통해서 충족하기도 할 것이다. 고양이의 경우, 영토에 대한 소속성이 강해 자기 영토를 확장하고 싶은 욕망이 훨씬 강할 것이다. 결국 고양이의 자기 확장 욕망은 더 자유롭고 안전하게 다니기 위함이 아닐까? 그리고 이 영토를 가장 많이 넓히는 고양이가 무정부적 공동체의 이익에 기여하는 실질적 왕이 아닐까? 나는 꼬리에 꼬리를 무는 이런 상상 속에 줄곧 빠졌다.

여러 번 이사를 하면서 동네의 길고양이들과 꽤 친하게 지내며 관찰한 덕에 이들의 생태를 조금은 알고 있다. 길고양이들은 대체로 2년을 주기로 세대가 바뀌기 시작한다. 평균 2~3년을 사는 것으로 알려져 있는데, 운이 좋으면 5~7년까지 살기도 한다. 짧은 수명은 길에서 생활하는 도시 길고양이들의 영양 상태, 환경과 관련이 있다. 유심히 관찰한바, 동네 고양이들도 대체로 3년 정도면 세대와 구성원이 거의 완전히 바뀌었다. 로드킬, 급성 탈수, 영양실조, 사람들의 괴롭힘이나 학살 등등 수많은 이유가 있을 것이다. 이 과정에서 나는 동네 고양이 중 광역권을 돌아다니는 고양이가 있다는 것을 알게 되었다. A라는 구역에 소속된 집합 A 고양이들이 있고 B라는 구역에 소속된 집합 B 고양이들이 있다면, A-B를 왔다 갔다 하는 광역권 고양이가 있었다. 모든 고양이가 이렇게 광역권으로 활동하는 것은 아닌 듯하다. 나는 이런 고양이와 우리 집 고양이들의 행동을 비교해보았다. 몇몇 고양이는 집이라는 닫힌 공간에서도 매일 구석구석을 탐색하듯 돌아다녔다. 자기 구역을 점검하고 순찰하는 것과 비슷했다.

그렇다면 이론적으로는 아주 넓은 지역을 기반으로 한 고양이가 있을 수 있다고 짐작된다. 이런 고양이들은 아마도 힘닿는 데까지 영토를 확장하려 할 것이다. 자신들이 사는 이유가 영토 확장에 있다고 여길지도 모른다. 그리고 영토가 넓어질수록 순찰은 아주 긴 순례나 방황처럼 보일 게 틀림없다.

이렇게 순례하는 고양이의 역할은 영토간 정보를 유통시키는 것이라고 본다. 초롬, 밤비와 산책을 하고 돌아오면 집 안의 모든 고양이가 마중을 나와 초롬이와 밤비의 몸 냄새를 꼼꼼하게 맡는다. 마치 옛날에 구라파 유학을 갔다 온 수재에게 세상만사 돌아가는 형국에 대해 묻고자 동네 사람들이 모여드는 격이다. 길고양이들도 마찬가지일 것이다. 광역권을 가진 고양이가 긴 순례를 마치면 몸에 많은 정보를 담고 돌아온다.

이런 정보는 고양이들에게 안정적으로 거주할 수 있는 경계가 어디까지인지 일차적으로 알려준다. 말하자면 A구역의 고양이 대부분이 C구역이나 F구역으로 이사 갈 일이 많지 않지만 위기 시에는, 그리고 필요에 따라 이사 갈 수 있는 영역의 경계를 가늠하게 해준다. 그래서 영토 순례 고양이는 고양이들이 '살 수 있는 곳'을 찾고 그 광역권을 넓혀가며 고양이들에게 '살아갈 수 있는 영토'를 제공하는 것이 아닐까.

나는 이런 고양이를 '고양이 왕'이라고 부른다. 불론 왕관을 쓰지 않는 왕이다. 순례자나 방랑자에 가까운 고양이 왕은 삶의 영토를 제공하는 리더십을 지닌다.

이 왕관 없는 왕의 리더십을 직접 목격한 인상적인 사건이 있다. 내가 목격한 고양이는 일주일 이상이나 되는 귀환 주기를 갖고 있었다. 노란색 줄무늬 수고양이였다. 한눈에 봐도 당당한 체격과 위엄, 대단한 경험과 관록을 가진 고양이였다. 동네 고양이들이 담 위에 죽 늘어서 그 고양이가 멀리서부터 걸어오는 것을 보고 있었다. 그 고양이는 아주 느긋한 걸음걸이로 태연하게 걸어왔다. 흡사 사열하는 우두머리처럼. 녀석은 나에게조차 눈길을 주지 않았다. 그 광경은 너무 인상적이었다. 녀석은 내가 밥 줄 때 모여드는 무리에 낀 적이 없다. 간혹 먼발치에서 걷고 있는 모습을 이따금 볼 수 있을 뿐이었다.

그러던 어느 여름날. 창문을 열어두고 책을 읽던 나는 은행나무 가지에서 새끼 고양이가 시끄럽게 우는 소리를 들었다. 내다봤더니 큰일이 벌어져 있지 않은가. 젖소 무늬 새끼 고양이가 호기심에 은행나무를 타고 올라왔다가 다시 내려가려고 보니 눈앞이 캄캄해진 것이다. 어린 고양이가 나무에서 내려가는 것은 쉽지 않은 일이다. 나는 그렇게 나무에 올랐다가 떨어져 죽은 어린 고양이 사체를 두어 번 봤다. 사체를 묻어주면서 어린 고양이들이 곧잘 새의 도발에 현혹되어 나무에 기어오른다는 사실도 알게 되었다. 경험 많은 고양이라면 절대 당하지 않을 일이다.

나는 우리 집 아이들이 쓰던 캣타워의 나무 미끄럼틀을 들고 와 방과 나무 사이에 구름다리를 만들려고 했다. 그러나 내가 창문 바깥으로 나무틀을 내밀자 새끼 고양이는 위협을 느꼈는지 떨어질 듯 바둥거렸다. 사람이 다가가는 방법은 위험해 보였다. 그때 노란색 줄무늬 수고양이가 멀리서 성큼성큼 걸어와 나무 밑에 도착했다. 오랜만에 보는 녀석은 나이가 훨씬 들어 보였고 행색은 남루했으며 오랜 순례로 털도 거칠어 보였다. 그러나 의연함만은 여전했다. 길에서 나무 위를 쳐다보던 녀석은 순식간에 담을 타고 옆집 차고 지붕 위로 올라갔다.

그다음 광경은 놀라웠다. 녀석은 울고 있는 새끼 고양이를 향해 정말로, 진짜로 사람의 말 같은 소리를 입 밖에 내어 말했다. '말했다'고 밖에는 표현할 길이 없다. 나지막이 무언가 연속적인 소리가 리듬을 갖추고 발음되었다. 그러자 젖소 무늬 새끼 고양이가 갑자기 울음을 뚝 그쳤다. 새끼 고양이는 확연히 안정을 되찾은 듯했다. 마치 교사의 다음 말을 기다리는 얌전한 학생 같았다. 그러자 수고양이가 다시 뭐라고 소리를 냈다. 이어지는 소리를 새끼 고양이는 가만히 듣고만 있었다.

이내 더 경이로운 일이 벌어졌다. 새끼 고양이는 비틀비틀 대면서도 나무를 타고 내려오기 시작했고 마침내 차고 지붕 위로 무사히 내려왔다. 노란 줄무늬 수고양이는 새끼 고양이가 안전한지 확인하고는 담벼락을 타고 바닥에 착지했다. 이 모습을 지켜보던 새끼 고양이는 그대로 따라 했다. 그리고 둘은 내 시야에서 멀어졌다.

나는 숨을 참아가며 이 장면을 지켜봤다. 행여 숨소리를 내면 새끼 고양이가 떨어질까 입을 틀어막고 봤다. 감동적이었다. 이 광경은 내가 고양이 왕의 존재를 믿게 된 결정적 장면이다. 나는 아직까지도 이 장면을 볼 수 있었다는 사실에 감사한다.

노란 줄무늬 수고양이는 내가 사는 동네의 영토 지배자가 분명했다. 그 수고양이는 자기 영토에 소속된 백성을 살리는 리더십을 가진 왕이며, 자기 백성이 삶을 일구고 살아갈 영토를 확장하는 왕이 분명했다.

물론 이것은 동물학의 가설도 이론도 아니다. 동네 고양이들을 관찰하고 우리 아이들의 생활을 지켜 보며 얻은 것들이다. 길고양이들은 자기 구역에 고정적으로 주차하는 차들을 알고 있으며 지형지물을 꿰고 있다. 그곳에 사는 사람들도 안다. 동네의 낯선 방문자가 누구인지, 어떤 가게가 사라지고 무엇이 새롭게 그 자리에 들어섰는지 다 알고 있다. 동네는 그들의 것이기 때문이다.

사람들은 오만하게도 동네가 인간의 것이라 생각한다. 하지만 사람들은 옆집에 누가 사는지, 골목길에 주차된 차가 누구 것인지, 누가 이 골목길의 낯선 방문객인지 알지 못한다. 그러므로 사람들은 그 영토의 주인이 아니다. 사람들이 살고 있는 곳은 사실은 고양이들의 영토다. 그리고 그 영토 위에는 떠돌이 고양이 왕이 있다.

영토를 공유하는 고양이들, 그리고 고양이 왕. 우리는 이들에게서 무엇을 배울 수 있을까? 고양이들에겐 소유권이나 위계적 권력이 없다. 그것을 얻기 위한 차별도 없다. 고양이들은 영토를 공유하고 그 영토를 살 만한 곳으로 만들기 위해 노력하며 살아갈 뿐이다. 인간은 지상 최고의 가치를 스스로 판단해 선택할 수 있다. 그렇다면 인간은 무엇을 위해 노력할 수 있을까? 우리에게 최고의 가치는 무엇일까? 모두가 차별 없이 공유할 수 있는 것에 더 큰 가치를 두고, 더불어 먹을 수 있는 빵을 만드는 게 아닐까? 그것이 남보다 더 많이 소유하는 것보다 인간을 더 자유롭게 만들 것이다.

5

장

여섯 남매 인터뷰

"아름다움만이
세상을 구원할 거야"

우선 놀, 너에 대해 잠깐 소개해줄래?

보다시피 난 화사한 색감을 자랑하는 모질에 큰 눈을 갖고 있지. 골격도 아주 좋다구. 코 옆에 카레 자국을 살짝 묻혀 귀여운 미모에 정점을 찍었지. 보통은 나더러 치즈니 노랑이니 그러는데, 난 말야 내가 오렌지에 가깝다고 생각해. 일단 동그랗잖아. 뭐든 동그라미는 귀엽기도 하구.

맞아, 놀에게선 치즈 향이 아니라 상큼한 시트러스 향이 날 것만 같아. 근데 넌 주로 외모 중심으로 묘사를 하는구나. 일신주의, 보신주의가 거기서 나왔구만.

내가 나를 알아서 챙기는 게 어때서? 제일 가는 효묘 아니야? 아름다움만이 세상을 구원할 거야아아.

그건 책 제목 같은데?

글자도 모르는데 알게 뭐야, 어쨌든 그게 내 모토야.

우선 내가 묻고 싶은 건 밤비와 너의 관계에 대한 거야. 넌 밤비가 괴롭히던 유일한 애잖아.

그거는 괴롭히는 건 아니구 그냥 좀 못마땅해했다고나 할까. 음, 나도 생각을 많이 해봤어. 내가 다른 집에서 버림받아 여기로 다시 돌아왔기 때문일까? 처음에는 밤비에게 내가 이 집에서 식구 대접을 못 받는 게 아닌가 하는 생각도 들었어. 알잖아, 우리 집에서 밤비의 위상이 어땠는지. 그렇지만 곰곰이 생각해보면 밤비가 텃세를 부린 건 아닌 것 같아. 밤비는 내 밑으로 들어온 애들에게 못되게 굴지 않았으니까. 그냥 나도 잘 모르겠어. 나두 이참에 생각 좀 해볼까 해. 엄마, 들어볼래?

오구오구 내 새끼, 하고 싶은 거 다 해.

밤비는 처음엔 군기 잡는 역할을 해본 게 아닐까 싶어. 무심한 첫째인 초롬이
누나에겐 기대할 수 없었으니까. 밤비는 나를 통해 자신이 실권을 쥐고 있다는
걸 증명하려던 게 아닐까. 엄마가 부엌에서 불 다루는데 내가 알짱거리다 혼나면
밤비가 와서 꼭 이차로 잔소리를 퍼붓곤 했잖아. 처음엔 시늉에 불과했겠지만
시간이 지나면서 그게 기정사실이 되고 우리 관계가 고착되었던 거지. 아,
생각하기 싫어. 뭐 맛있는 거나 주고 좀 물어보던가. 떠들었더니 배가 고프네.

넌 태양이랑 몸으로 치고받으며 놀 정도로 힘이 센데, 밤비에게는 맞서지
않던 이유가 뭐야?

밤비가 덩치가 작고 힘이 약할지는 몰라도, 뿜어내던 기는 진짜 후덜덜해.
가끔은 눈빛만으로도 지져지는 것 같다구. 이상하게도 밤비 앞에만 서면 그냥
다리가 풀렸어.

놀, 넌 참 예쁘게 생겼어. 그것 때문에 밤비가 질투했다고 생각해? 너는 네가
예쁘다는 걸 자각하고 있기까지 하잖아.

아마 그런 점도 있겠지. 둘 다 환하고 고운 색의 코트를 입었잖아. 다들 칙칙한데
말이지. 화장실에서 엄마가 혼자만의 시간을 가지고 있을 때 말야. 내가 엄마가
외로울까 봐서 후다닥 달려가 다리 사이로 왔다리갔다리 하면 엄마가 나 궁디
팡팡 해주면서 엄청 아껴주잖아. 그럴 때 꼭 밤비가 무슨 건달마냥 어슬렁어슬렁
들어와서 내 엉덩살을 꽉 깨물어 산통을 다 깨놓는 게 한두 번이 아니었어.
엄마와 나만의 꽁냥꽁냥 시간인데 말야.

넌 암컷들에게 선을 딱 긋고 새침하게 구는 편이잖아. 정신없이 놀다가도
초롬이나 샤샤, 밤비 옆에 가게 되면 놀잇감이 바로 앞에 있어도 물러설

정도잖아. 초달이와 태양이에게는 늘 적극적으로 먼저 장난을 걸면서 말이지. 참, 어린 밍키하고 가끔은 놀지만. 너도 네가 그런 걸 알고 있어?

응, 알아. 하지만 그건 암컷들이 나를 좀 우습게 보기 때문이야. 이유는 잘 모르겠어. 밤비 때문에 암컷들이 분위기에 휩쓸려 날 우습게 여기는지 아니면 나의 어떤 특징 때문에 유독 암컷들이 싫어하는지 그 점은 잘 모르겠지만. 혹시 밤비가 나의 이런 위축을, 아니지 젠틀한 마인드를 새침한 성격으로 여기구 꼴불견으로 보는 건가.

네가 태양의 약을 올리거나 도발해서 육박전이 벌어지면 넌 언제나 마지막에 물리지도 않았는데 요란하고 연극적인 비명을 지르며 태양이 몸에서 잽싸게 떨어지곤 하잖아. 누나들이나 밤비한테는 얼뜨기처럼 굴면서. 그런 면 때문에 널 조금 약삭빠른 애로 평가할 수도 있을 듯해. 놀이 계산적인 면도 있구나, 하고. 그런데 아빠는 네 그런 행동을 유사 성행위라고 그러더라. 아빠는 너의 그런 행위와 밤비가 널 괴롭히던 것 사이에 모종의 인과관계가 있다고 생각해. 밤비는 네가 젠더를 교란하는 모습을 지켜보며 그게 네 매력이라 생각해서 질투하던 것일 수도 있다는 얘기지.

음, 그건 밤비에게 물어봤어야 할 것 같은데. 난 밤비가 날 괴롭히건 말건 신경 쓰지 않아. 왜냐하면 밤비랑 몸을 붙이고 잠을 잔 때도 많거든. 그리구 되게 되게 중요한 거! 밤비는 맛있는 것도 나한테 잘 양보해줬단 말야. 물론 밤비의 심기에 어떤 변화가 느껴지면 잽싸게 찌그러져야 했지만. 난 괜찮아, 그 정도의 텐션은. 그리구….

뭔데? 엄마는 아무 말도 안 할게. 허심탄회하게 말해봐.

그냥 밤비는 젠더 의식이 좀 있었던 거 같아. 밤비는 초록이나 샤샤 누나에겐 언니 언니 하며 살갑게 굴었고, 밍키가 날뛰어도 "아휴, 저 천둥벌거숭이 못

생겨서 봐준다" 하면서 포근하게 대했어. 하지만 태양이는 박대했고, 나는 대놓고 핍박했지. 우리 삼 형제가 바깥 고양이와 대치 상태에 있을 때 관심도 없는 척 심드렁하다가 우리가 기습 공격을 당해서 움찔거리면 꼭 "한심하다, 한심해. 수컷 셋이서 하나를 못 당하니?"라는 태도로 자존심을 긁었잖아. 뭐 나중에 밤비가 전면에 나서서 하악질을 날리면 게임오버가 되긴 했지만…. 어, 엄마 표정이 왜 그래? 그래두 이쯤이면 잘 살고 있는 거니까 걱정 마. 엄마 아빠 생각처럼 그렇게 고되지 않으니까.

엄마와 아빠에게 하고 싶은 말 없어?

아빠는 나에 대해 이제 그만 지껄이고, 뭐 먹을 때 나를 신경 써줬으면 좋겠어. 자기 입으로 들어가는 것만 생각하는 이기적인 인간 같으니라고. 그렇게 혼자 처묵처묵하면 좋냐? 얼마나 빈정이 상하는지 몰라. 입으로 들어가는 소시지를 손으로 낚아채 바닥에 내팽개쳤는데도 여전히 정신을 못 차려요. 흥!

그건 아빠가 네 췌장 건강을 걱정해서 그러는 거야. 담에는 잡식성으로 태어나. 엄마가 맛있는 거 많이많이 챙겨줄게.

"나 좀 흠모하지 말라고 전해줘"

초달, 이 책의 독자들에게 잠깐 네 소개를 해주겠니?

제발 나에게 관심 갖지 말아주세요!

헐, 그게 대체 뭔 소리니?

사람들은 좀 이상해. 행동은 예측 불가, 감정 기복도 심하고. 너무 크레이지해.
난 팬을 갖고 싶지 않아.

**네가 입은 턱시도가 얼마나 멋진지 알아? 손가락 장갑에 흰 장화를 신은
쭉쭉 긴 팔다리에, 땡그랗고 커다란 눈, 복숭아 같은 주둥이라니! 모두가
흠모할 수밖에 없다고!**

흠모하지 말라고 전해줘. 복숭아 주둥이? 하 참, 이거 봐. 제멋대로니까.
난 복숭아 따윈 먹을 줄도 모른다구! 빽빽!

초달이는 우리 집에 사람 손님들이 오는 게 싫어?

응, 싫어. 무서워.

왜 무서워? 다들 초달이 보구 얼마나 예쁘다고 하는데.

시끄럽게 굴거나 날 강제로 만지려고 한단 말이야. 난 그게 싫어.
너무 무례한 것 같아.

**그래, 맞아. 엄마도 알지만 네가 사랑 받는 게 너무 뿌듯해서 말릴 수가 없어.
그런데 초달이는 아빠가 안으면 갑자기 유령 고양이가 되잖아. 마치 투명
고양이 망토를 두른 것처럼 아빠와 눈도 안 마주치고. 아빠가 무서워?**

아니, 안 무서워. 아빠가 잘 때 밥 달라고 팔을 꽉꽉 물기도 하고 종아리도 맘대로
깨물깨물 하는 걸! 그냥 누가 날 만지거나 껴안는 걸 싫어하는 것뿐이야. 그나마

아빠니까 그냥 참고 있는 거지. 그렇게 계속 참고 있느니 차라리 의식을 놔버려야할 것 같아서 나도 모르게 유령 고양이가 되어버리나 봐. 아빠가 날 사랑하는 건잘 알고 있어. 우스꽝스럽고 촌티 나는 초달이란 이름도 아빠가 지어준 거잖아.병원에 갔을 때 간호사 누나가 "어머, 애 이름이 초달이에요? 호호호." 웃던생각이 나네. 나 그때 얼굴이 빨개졌어.

으음, 미안해…, 그때 엄마도 좀 웃었어. 엄마는 초달이를 처음 만났을때가 생각나. 초달이는 라면 상자 안에 담겨 층계 참에 있었지. 엄마는 막외출하던 길이었는데, 널 보고는 먹을 걸 조금 내어주고 돌아올 때까지 네가라면 상자를 떠나지 않으면 집에 데려가야겠다고 생각했어. 엄마가 돌아왔을때 너는 꼼짝 않고 박스 안에 그대로 있었어. 생각나?
응, 기억나. 너무 무섭고 외로웠거든. 처음에 날 데려갔던 집에는 개가 있었어.그 개가 나를 구석에 몰아넣고는 내 얼굴에 대고 막 큰 소리로 뭐라 뭐라 하는데나는 무슨 말인지 하나도 모르겠는 거야. 개가 그러니까 그 집 아줌마가 결국 날라면 상자에 넣어 내다 버린 거야. 아줌마가 날 내놓은 걸 보면 그 개가 나한테나가라고 한 거겠지 싶어. 그 아줌마는 아마도 엄마가 고양이 여럿이랑 지내고있다는 걸 알고서 엄마 눈에 잘 띄는 곳에 날 데려다 놓은 것 같아. 불행 중다행이지.

나는 초달이 엄마가 되어서 너무 행복해. 넌 오자마자 곰팡이 피부병을지독하게 앓았지. 그때 작은 방에다 격리해서 치료했잖아. 엄마는 그일로네가 겁이 많아진 게 아닌가 하는 생각도 해봤어.
그것 때문에 내 성격이 이렇게 된 건 아니야. 그리고 되도록이면 조심성이 많은신중한 성격이라고 해줬으면 해.

아빠가 인테리어를 한답시고 집 안을 다 뜯어 부수고 페인트칠을 할 때 다른 아이들은 페인트를 다 밟고 다녀서 발자국을 남겼지만, 우리 초달이는 발에 페인트 한 방울 묻히지 않고 돌아다녔지. 그때 엄마는 네 성격을 알아봤어. 그건 그렇고 초달이 네가 이 집에서 막내라고 생각해? 일주일 정도 차이로 단풍이가 들어왔을 때는 단풍이가 누나 역할을 했고, 한참 어린 밍키가 들어왔어도 넌 여전히 아기처럼 칭얼대잖아.

음… 지금 엄마씩이나 돼 가지구 날 디스 하는 거야? 난 형들과 누나들이 좋고 의지하는 걸 좋아해. 단풍이는 정말 날 동생처럼 대해주고 늘 의지가 되어줬어. 단풍이를 먼저 보내고 나서는 놀 형아가 의젓하게 나를 달래줬어. 어릴 때부터 날 돌보던 태양이 형아는 단풍이를 잃어서 나보다 더 넋이 나가 있었거든.

그래, 초달이는 형이나 누나에게 기대는 걸 좋아하지. 잠 잘 때도 늘 형이나 누나 품에 기대고 치대면서 자잖아. 엄마는 그게 초달이가 막내 짓하는 거라고만 생각했네. 밍키가 우리 집에 들어왔던 초기에 발정이 나서 잠도 못 잘 때 네가 밍키를 달래주고 보살펴준 거 엄마가 다 알고 있어. 그때 마음고생이 심해서 코랑 입이랑 다 부르텄잖아.

응, 그때 힘들었어. 그치만 밍키가 저렇게 잘 자라줘서 뿌듯하기도 해.

엄마와 아빠에게 하고 싶은 말은 없어?

딱히 없는데… 이제 그만 내 숨숨집으로 들어가도 되는 거지? 아, 지쳐. 이놈의 인기란….

"좀 조용히 해줄래!"

태양아, 단도직입으로 물어볼게. 엄마 눈 똑바로 보고 말 좀 해줘.
화장실 놔두고 대체 아무 데서나 오줌을 싸는 이유가 뭐니?
….(천천히 고개를 돌려 엄마를 외면한다. 야속할 정도로 자연스럽다)

말하고 싶지 않은 모양이구나. 아빠는 네가 어릴 때부터 널 두고서 자신의
프라이드라고 뿌듯해 했어. 늘 자기 뒤를 잇는 황태자라고 치켜세웠지.
성대한 대관식이라도 할 듯이 말이야. 넌 그때 어떤 기분이었니? 아직도
정신 못 차리고 잘생긴 네가 아빠를 빼다 박았다고 주장하는 거에 대해
한 마디 따끔하게 날린다면?
….(귀만 팔랑팔랑)

아빠는 몇 년 전만 해도 연중행사로 너희들을 모아놓고 기강을
바로잡는답시고 파리채를 들고 방바닥을 탁탁 치며 혼을 내는 쇼를 했잖아.
그런데 그 행사에서 너만 열외였어. 왜 그랬을 거라고 생각하니?
….(자신의 주먹을 맛있게 먹으며 앞 발 그루밍 그루밍)

오랜 시간 너와 함께하면서 엄마 아빠가 느낀 게 있어. 너는 어떻게 생각할지
모르겠는데, 네게 청개구리 본성 같은 게 있다는 거야. 오른쪽으로 가라
그러면 왼쪽으로 가는, 늘 반대로 하는 반발심이나 반항심 같은 그런 것이
너한테 있다고 생각해왔어. 그래서 강압적 교육은 역효과가 날 거라 여겼지.
네 생각에는 우리가 네 성격을 잘 파악하고 있는 것 같아?
….(꼬리 타앙탕타탕탕)

엄마는 네가 겉으로는 아무 생각 없고 천하태평인 것처럼 행동하지만,
실은 마음이 여리고 예민하다는 걸 알아. 그리고 순둥순둥 하다는 것도.

예민하면서도 순둥일 수가 있다니! 이건 무슨 로맨스 소설 남주 같은 말도 안 되는 설정 아니니. 엄마는 살면서 이상형이라는 걸 그려본 적이 없는데, 지금은 있어. 바로 너야. 네가 하루에 두 번씩 따박따박 주사를 맞기 위해 엄마 아빠 앞에서 척척 드러누워 주는 게 얼마나 고마운지 몰라.

그건 그래.(오늘 기준으로 주사 맞기 총 5458회, 혈당 체크한다고 귀 따인 건 제외)

엄마가 인터뷰한답시고 자꾸 태양이에 대해 얘기하는 게 싫은 거구나. 아무리 그래도 독자들이 이 인터뷰를 보고 너무 무성의하다고 생각하지 않겠니? 뭐라도 한 마디 해줄래.

아, 시끄러오옹어윙~(얼굴을 마구 찌그러뜨려 하품한다)

너, 엄마에게 이게 무슨 말버릇이야?

조용히 하라고.(결국 자리를 뜨는…)

알았다, 알았어. 어휴… 너 이따가 엄마 무르팍에 올라오기만 해봐. 주물주물 5백 번이야.

"요즘 애들은 버릇이 없어!"

샤샤, 너에 대해 소개해줘.

음, 나는 캐나다에서 태어나 한국으로 이민 온 고양이쥐. 어떻게 왔냐고?
비행기를 타고 왔쥐.

한국에 와서 오랫동안 살았고, 이제 할머니가 되었는데 감회가 어때?

캐나다에서는 나 혼자 지냈거든. 물론 집사가 나를 많이 아껴주긴 했지만.
알잖아, 사람은 집에 돈을 많이 들이지만 더 소중한 시간은 밖에서 다 써버린다는
걸. 초롬이가 먼저 한국으로 가고 나서 이제 관심을 독차지하겠구나 싶어서 조금
들뜨기도 했었는데 그렇지만도 않더라고. 처음엔 그냥 심심하다고 느꼈는데
차츰 외로워졌어. 그래서 한국에 왔을 때 정말 좋았지. 집사 둘에 고양이가 셋,
인간보다 고양이가 더 많으니까. 난 잡다하고 시끌시끌한 집 분위기가 좋았어.

**다른 고양이들이 처음엔 네 낯선 외양 때문에 살짝 거리를 뒀었잖아.
꽤 섭섭했겠다.**

그래도 내가 고양이로서 할 건 다 하니까 단박에 끼워주던걸. 밍키가 자꾸
까불까불하는데, 하여간 요즘 애들은 버릇이 없어. 한 대 쥐어박고 싶어. 갑자기
라떼가 마시고 싶으네. 근데 참아야지. 고양이에게 커피는 독극물이니까. 그냥
내가 제일 튀는 모습을 하고 있어서 그런 거라고 생각해. 이점도 있어. 일단
외모로 내가 좀 먹어주는 게 있잖아. 상대가 위압감을 느낀다고 해야 하나?

샤샤, 너는 한동안 밤비의 경호원 노릇을 했잖아. 불만은 없었니?

경호원? 그렇게 볼 수도 있겠네. 고양이들은 집에 들어온 순서대로 서열이
매겨지잖아. 내가 들어왔을 때는 한참 어린 밤비와 태양이가 내 위에 있었지. 나와
어린 시절을 함께 보낸 동갑 초롬이가 제일 위였고. 처음에 좀 혼란스럽기는 했어.
힘이 제일 센 내가 맨 밑이라니까 짜증도 많이 났고. 근데 그렇게라도 내 자리를

찾을 수 있어서 잘된 일이라고 생각해.

음, 그렇구나. 넌 나름 관계에 꽤 현명하게 처신하고 있다는 느낌을 받았어.

밤비와 나는 자매처럼 서로 돕는 사이었어. 사실 처음에는 밤비를 이용하기도
했어. 아빠가 유독 밤비를 편애하는 것 같은 느낌에 '아, 나는 밤비를 보호해
주면서 저 인간에게 인정을 받아야 좀 편하게 살겠군' 하는 생각을 했지.
밤비는 나의 이국적 풍모에도 불구하고 가장 스스럼없이 대한 아이였어.
의도가 어쨌든 나는 밤비를, 밤비는 나를 서로 꽤 아꼈어.

**너는 캐나다에서부터 줄곧, 그리고 한국에 와서도 한동안 눈이 아팠어.
희뿌연 안구 때문에 처음 널 보는 사람들은 다들 걱정했지. 캐나다에서
백방으로 노력해도 낫지 않던 눈이 어느 날부터 서서히 좋아지더니
감쪽같이 괜찮아졌잖아. 대체 어떻게 된 거야?**

나도 잘 몰라. 한국에 들어와서 진단받기로, 내 질환은 엄마 배 속에서부터 감염된
불치의 전염병이었다는 걸 알게 됐어. 내가 누군가와 다퉈서 상대에게 상처를
입히게 된다면 병을 옮길 수도 있고, 심지어 그루밍 해주는 걸로도 전염이 될
수 있는 질환이라고 병원에서 하는 얘기를 들었어. 하지만 그런 일은 벌어지지
않았고, 난 격리되는 대신 다른 고양이들과 늘 함께 지낼 수 있었지. 아이들과
함께 어울릴 수 있었던 게 큰 영향을 미치지 않았을까, 그런 생각이 들곤 해.
건강한 마음에 건강한 몸이 따른 경우라고 하면 될까. 역시 생즉사 사즉생이야.

**엄마는 샤샤 네가 힘이 세기 때문에 분쟁이 생기면 널 먼저 제지했어.
야속하진 않았어?**

아주 없는 것은 아니지만 대체로 먹을 걸로 보상받았으니까 괜찮아. 그리고
나중에 나를 따로 달래줬잖아. 가끔씩 분이 안 풀릴 때면 아무도 안 보는 곳에서

아이들 머리통을 쥐어박곤 했어. ㅋㅋㅋㅋ 냥~. 초롬이 뒤통수를 때리기도 하고, 그루밍 해주는 척하다가 아빠가 안 보는 틈을 타서 밤비 이마빡을 치기도 했지. ㅋㅋㅋ.

흥 칫 뿡~, 엄마랑 아빠도 네가 그런다는 것쯤이야 알고 있었지. 그나저나 넌 요새 너무 기력이 없어 보여.
밤비가 하늘나라로 간 이후 갑자기 확 늙어버렸어. 뭐, 새삼 관계에 새롭게 욕심부릴 나이도 아니지만. 이젠 정말 힘이 없어서 다 귀찮다는 생각이 들긴 해. 이런 걸 두고 사람들은 은퇴라고 한다지? 거 참, 세월이….

그래, 울 샤샤가 군기반장 노릇 하느라 고생이 참 많았지. 맛있는 거나 좀 더 먹고 살자.

"내 코드가 좀 복잡하지,
난 충분히 행복해"

초롬이는 캐나다에서부터 나랑 참 특별한 관계였지.

응, 내가 막 한 살이 됐을 때 내 앞에 짠 하고 엄마가 나타났지. 어쩐 일인지
엄마와는 친하게 지내고 싶더라고.

**너는 이전에 사람들과 어울리지 않았잖아. 그렇다고 고양이와 친하게 지낸
것도 아니었지. 난 그런 네가 외로워 보였어. 그래서 마음이 쓰였고.
엄마도 거기서는 똑 떨어진 섬이었거든.**

누군가를 싫어해서 그런 게 아니라 난 그냥 혼자 있는 게 편했어. 코드가 잘 안
맞는 상대와는 관계 맺기가 귀찮고 힘들어. 다만 내 코드가 좀 복잡해서 친해지기
쉽지 않은 거지.

어떤 코드?

나와 대화를 하려는 것이 아니라 겉모습만 보고 판단하면서 마냥 귀엽게
굴기만을 바라는 사람들과는 잘 안 맞는 것 같아. 사람들은 고양이다운 것만
보려고 해. "얘는 고양이라서 시크하네?!"라던가 "어머, 고양이가 자기 이름을
알아 들어" 하면서. 그런데 엄마는 처음 만났을 때부터 나와 호흡을 맞추기 위해
여러 가지 노력을 했어. 이름을 계속 불러주고, 둘만의 신호를 정해 서로 의사
소통을 할 수 있도록 했지.

**그렇게 말해주니까 고마운걸. 사실 널 만났을 때 난 고양이가 처음이었어.
널 계속 지켜보다가 네가 집중력이 뛰어나다는 걸 알게 됐어. 그래서 훈련을
시도했지. 훈련은 낯선 상대끼리 서로를 알아가고 맞춰가는 과정이라
생각해. 어린 왕자와 여우가 서로 길들여지는 것처럼. 물론 네가 좋았기
때문에 그렇게 한 거야.**

어린 왕자와 여우? 걔들이 무슨 사이인지는 모르겠지만 나는 엄마가 훈련이라고

말하는 그게 나쁘지 않았어. 사실 정말 좋았어. 난생처음 흙도 밟아보고 커다란 강아지도 만났고 굵은 나무에 발톱 손질도 해봤잖아. 내가 누군가에게 메시지를 전달할 수 있다는 사실이 신기하게 느껴지더라고. 그걸 엄마가 받아줬다는 게 너무 기뻐.

샤샤와 너는 캐나다에서 함께 지내다가 나중에 한국에서 다시 만났잖아. 우리는 극적인 상봉 신을 보겠다 싶어서 눈물샘을 열어두고 있었는데 너흰 보자마자 서로 쌩까더라. 지금도 서로 소원하고.
샤샤에게 유감이 있는 건 아니야. 그냥 난 사람에게 더 친밀감을 느껴. 나 같은 애들이 꽤 될걸? 사실 밤비 이후로 들어온 고양이들은 내게 그다지 의미 없었어. 물론 다른 고양이들을 싫어하는 건 아니야. 그냥 내 상태나 기분을 공유하고 싶지 않을 뿐이야. 나는 내 사적 영역에 누군가 끼어드는 게 싫어. 그건 나에게는 명백한 침입이고 위협이야. 근데 우리 집 고양이는 다들 주말 가족 드라마에 출연할 법한 성격이잖아.

너는 밤비가 들어오기 전까지 애교가 많았어. 캐나다에서는 전혀 그런 적이 없어서 나도 네 변화에 많이 놀랐어. 아빠가 혀를 내두를 정도로 재롱도 떨고 투정도 엄청 많이 부렸지. 그런데 밤비가 들어오자 그런 행동을 딱 끊었지. 왜 그랬어?
음, 밤비가 들어왔을 때 처음에는 솔직히 충격이었어. 엄마와 아빠가 나 하나로 만족하지 못하는가 보다 싶어 섭섭하기도 했지. 그리고 밤비가 아기다 보니까 내 뒤를 졸졸 쫓아다니면서 엄청 성가시게 했잖아. 내가 좀 더 잘해줬어야 했는데…. 그러다가 밤비와 정이 깊게 들었지. 사랑하지 않을 수 없는 애야.

밤비는 널 항상 존중했어. 기억나? 네가 무슨 행동을 하건 항상 네 앞에서는

머리를 딱 조아리고 앉아 있던 밤비 모습 말이야.

밤비는 신의가 있는 애였어. 내가 첫째로서 역할을 다하지 못한다는 건 알고 있어.

그럼에도 날 존중하는 아이는 밤비가 유일할 거야.

**엄마 아빠는 초롬이에게 기대하는 거 하나도 없어. 예나 지금이나 건강하고
행복하길 바랄 뿐이야. 그나저나 작년에 신우신염을 크게 앓고 기력이 많이
쇠했잖아. 요즘 컨디션은 어때? 산책도 싫어?**

이제 산책은 엄두도 안 나. 엄마 아빠랑 해변에 가서 바다도 봤으니 이제 지구별
탐험은 얼추 다 했다고 봐야지.

**엄마는 우리 초롬이가 세 살 때 3미터 높이의, 깎아지른 담벼락을 힘으로
기어오르고 단숨에 하강하던 그때의 감동이 아직도 생생한데. 안방인 양
골목길 한가운데에 떡하니 누워 지나치는 사람들의 놀란 시선에 꼬리를 탁탁
치던 위풍당당한 모습도 기억나. 그리고 또….**

그만 말해도 돼. 나도 다 기억나. 내가 봤던 것들, 내가 걸어간 길들, 내가 맡은
공기들 다 기억해. 그리고 내 곁에는 항상 엄마 아빠가 함께했지. 난 지금도
충분히 행복해. 이제는 나도 많이 지쳐서 그냥 자꾸 잠만 자게 되네.

넌 우리의 첫 고양이야. 건강관리 잘해서 더 오래 살자꾸나.

나도 오래 살려고 노력 중이야. 엄마 아빠를 위해서.

"난 놀고 싶단 말이야아아아아앙"

어머, 우리 밍키. 아이 귀여워라, 이리 온.

엄마아아아~ 나 불렀옹? 밍키 불렀오오옹??

응, 우리 밍키 인터뷰해보자.

인터뷰? 그게 뭐야? 무슨 놀이야? 먹는 거야?

내가 묻고 밍키가 대답하는 거. 놀이야, 놀이.

그럼, 오키도키.

자, 첫 번째 질문 나갑니다. 세상에서 제일 예쁜 고양이는 누구입니까?

밍키, 밍키, 밍키!

한 번만 대답해도 돼. 너무 흥분하지 말고 차분하게 대답하는 거야, 알았지?

노는 거라면서? 엄마는 밍키가 노는 데 언제나 진심인 거 몰라?!

응, 알지. 그건 그렇고 밍키는 언니, 오빠들 중에 누가 제일 좋아?

흥! 나랑 아무도 안 놀아줘.

언니, 오빠들이 너무 나이가 많아서 그래. 솔직히 초롬 언니나 샤샤 언니는 너한테 엄마의 엄마, 그러니까 할머니의 엄마뻘이야. 증조할머니라고.

헉! 할머니 되면 못 놀아??? 난 이 세상 끝까지 놀고 싶단 말이야아아아앙.

놀고 싶을 땐 아빠한테 놀아달라고 그래.

아빠는 밤비 언니 빠돌이잖아. 흥! 흥! 흥!

너, 아빠한테 그게 할 소리니? 아빠가 너랑 얼마나 많이 놀아줬는데?

나랑 놀아주면서도 은근 밤비 언니 눈치 보던데?

그건 뭐 엄마도 어쩔 도리가 없구나. 근데 밍키는 밤비 언니를 어떻게 생각하니?

완전 차도녀였지! 칫! 그래도 내가 더 예쁜 걸 어떡하냐고오오오오.

밍키는 밤비 언니보다 자기가 더 예쁘다고 생각하는구나?

….

왜 말이 없어?

당연한 거 아냐? 엄마가 그걸 왜 밍키에게 물어봐?

알았어. 엄마가 말실수했어. 근데 엄마가 밍키한테 조금 원하는 게, 아주 약간 바라는 게 있는데 들어볼래? 언니, 오빠들은 엄마가 손만 대도 구릉구릉굴굴 크르릉크릉르릉 아주 골골송을 완창하는데, 울 밍키는 골골송에 인색한 경향이 있단 말이지. 밍키 너는 진짜 일주일에 두세 번? 그것도 엄마가 엄청 구애하고 유도해야 겨우 작은 소리로 골골송 부르잖아. 그러다가 늘 엄마를 깨물깨물 하고. 깨무는 건 괜찮은데, 기왕이면 골골송 좀 대차게 불러주지 않으련.

음, 그거가 나는 기분이 좀 이상해서 그래. 엄마가 막 쓰다듬쓰다듬 하면 좋긴 좋은데 뭔가 막 기분이 간질간질하고 몽글몽글해서 왠지 엄마한테 지는 기분이야. 그래서 나도 모르게 깨물게 되나 봐.

우리 밍키는 승부욕이 강해도 너무 강하다잉. 그런데 아빠는 밍키가 하도 노는 걸 좋아해서 너무 근육질이 되었다고 걱정하더라. 네 몸에서 오빠들에게서 나는 콤콤한 냄새도 난다고 그러던데?

헐~ 대박 충격! 나한테 무슨 냄새가 난다고 그래? 어이가 없네. 아빠나 잘 씻으라고 그래. 그리고 근육질이 어때서? 아빠가 내 진로를 체육묘로 정하고 맨날 체육 시간 가지면서 특훈시켰잖아. 그리구 엄마는 나 애기 때부터 생식 먹여놓고는! 아빠야말로 근육 좀 만들어야 하는 거 아냐? 내가 요즘 아빠가 체육 시간을 안 가져줘서 남아도는 에너지를 쓰느라고 얼마나 고생인데.

밍키야, 아빠에게 가서 방금 한 말 고대로 말해. 아빠는 정신 좀 차려야 되겠다, 그치?
(그때 아빠가 저쪽에서 다른 고양이들에게 간식을 주려고 간식통 뚜껑을 여는 소리가 들린다) 앗! 먹을 거다! 아빠아아아아~ (달려간다)

아, 저 천둥벌거숭이.

Epilogue

사람만이 우선일 순 없지 않은가

2020년은 어떻게 기억될까? COVID-19, 유례 없이 길었던 장마와 폭우…. 8월 말, 이 글을 쓰고 있는 지금도 비가 내리고 있다. 어쩌면 또 다른 재난이 기다리고 있을지도 모르는데, 벌써부터 올해의 기억 따위를 말하는 게 우습긴 하다. 연이은 재난의 여파로 고통과 피로를 호소하는 목소리들이 여기저기서 터져 나온다. 이 책은 코로나바이러스가 뉴스에 서서히 오르내리던 무렵부터 쓰기 시작했다. 바이러스가 전 세계를 한창 휩쓸던 내내 나는 글을 쓰는 데 여념이 없었다. 인수공통감염병 시대에 고양이에 관한 책을 쓰는 느낌은 참으로 이상했다.

이 책을 쓰는 동안 나는 고양이로 살았다. 평소에도 직장과 체육관을 오가는 것 이외에 누구를 만난다든가 취미 생활을 하는 등 외부 활동이 전무했는데, 마침 휴직 중인 터라 거의 완벽하게 사회적 거리 두기를 실천할 수 있었다. 고양이가 하루의 대부분을 잠과 몸단장으로 보내는 데 반해 나는 먹고살 걱정을 하며 책을 꾸리고 틈틈이 시를 쓰며 보냈다. 코로나바이러스는 고양이에게 아무런 영향을 끼치지 않는다. 그 바이러스는 고양이의 관심사가 아니다. 고양이의 관심사는 따로 있다.

당연하지만 고양이에게도 전염병이 있다. 사람의 감기와 비슷한 칼리시 바이러스와 헤르페스 바이러스, 그리고 범백혈구감소증이라 불리는 독특한 전염성 질병 등이 매년 길에 사는 고양이들 주변을 배회한다. 온 국민이 마스크를 쓰고 사회적 거리 두기를 하는 난리 통에도 코로나바이러스는 고양이의 관심사에 포함되지 않는다. 재난은 어떤 면에서는 평등하고 또 어떤 면에서는 상대적이다. 코로나바이러스는 인간에게 닥친 재난이다. 그리고 그와 비슷한 재난은 고양이에게 매년 닥칠 뿐 아니라 모든 동물이 내내 겪어온 일이다. 조류독감, 돼지콜레라 등으로 엄청난 수의 닭과 돼지가 생매장됐다.

이번에는 인간에게 그 순서가 돌아온 것뿐이다. 동물이건 사람이건 모두에게 재난이 닥친다는 측면에서 바이러스는 평등하다. 그리고 이번에는 닭이나 돼지가 아니라서 닭이나 돼지 입장에서는 다행이다. 그래서 상대적이다.

이번 장마 기간에 내게 가장 충격적이었던 사건은 우리를 탈출한 소 떼였다. 소들은 물에 빠져 죽지 않기 위해 축사를 넘고 도로를 가로질러 산으로 올라갔다. 살기 위한 소 떼의 의지와 투쟁에 나는 가슴이 아렸다. 뉴스에서는 소 떼 사진을 실으며 살아 있어줘서, 버텨줘서, 고맙다고 말한다. 소 주인들이 소 떼를 다시 찾아가는 것을 두고 '무사 귀환'이라고 표현했다. 하지만 냉정하게 말하면, 그 소 떼들의 미래에는 도살과 고기가 될 운명이 있을 뿐이다. 그래서 마음이 아팠다.

우리 인간 중 그 누구도 아우슈비츠의 독가스실에 끌려갈 운명에 처한 사람이 탈출에 실패해 수용소에 다시 돌아간 것을 '살아 있어줘서 고맙다'고 하지는 않을 것이기 때문이다. 나는 소의 입장을 생각하며 '무사 귀환'이라든가 '고맙다'는 표현을 쓰는 것에 위화감을 느꼈다. 소의 입장에서는 그렇게 말하는 사람들의 무한이기주의가 오히려 더 큰 공포가 아닐까.

우리는 인간의 일에 관해서라면 같은 사안이라도 상대적으로 다른 것을 느끼고 견해도 다를 수 있다는, 상대적 관점을 자연스레 이해하고 받아들인다. 그러나 동물이 인간에 대해 상대적 관점을 가질 수 있다는 것은 좀처럼 인정하려 들지 않는다.

나는 종종 불쾌한 질문을 받을 때가 있다. 내가 고양이 여럿과 함께한다는 것을 알고서 이런 질문을 할 때다. "당신의 고양이와 이웃집 아이가 물에 빠진다면 누굴 구할 건가요?" 어이없고 무례한 질문이다. 나는 당연히 '고양이'라고 답한다. 상대방은 내 대답이 몹시 못마땅하다는 듯 격렬한 논쟁을 벌이고 싶어 한다. 나를 인간의 목숨보다 고양이를 더 귀중하게 생각하는, 이성이 마비된 사람으로 취급하려 한다. 마치 내가 물에 빠진 사람을 못 본 체하고 샤넬 핸드백을 먼저 건져 올리겠다고 한 것처럼 비난할 태세다. 어쩌면 그런 질문을 하는 이들은 무의식중에 고양이를 사치품이나 값비싼 장난감쯤으로 생각하고 있는지도 모른다.

질문을 바꿔보자. 노인과 아이가 물에 빠진다면 누굴 먼저 구할 것인가? 장애인과 장애가 없는 사람이 동시에 물에 빠졌다면? 남성과 여성 중 한 명을 구해야 한다면? 부모와 이웃 1천 명의 목숨 중 어느 한쪽을 선택해야 한다면? 우리는 인간을 대상으로 수많은 질문을 만들 수 있다. 누군가를 먼저 구한다고 대답하든 그 사람의 상대적 입장과 감정을 존중해야 한다. 합리적 가치를 내세워 구해야 할 인간의 등급을 매기고 그 선택을 강요하면 안 된다. 강요할 수도 없고, 해서도 안 된다.

그런데 동물과 인간을 동시에 물에 빠뜨리고는 합리적 가치 체계를 토론하자고 한다. 나는 동물과 인간 중 누구를 먼저 구할 것인가 하는 문제도 토론할 대상이 되지 않는다고 생각한다. 내 대답이 어떻든지 내 입장과 감정을 존중받길 원할 뿐이다. 나 또한 누군가의 대답이 어떻든지 그 사람의 입장과 감정을 존중한다.

인류학자 에두아르도 콘이 쓴 <숲은 생각한다>라는 책에는 독특한 인간관을 가진 부족사회의 원주민에 대한 이야기가 나온다. 그 부족에게는 사람이건 개건 표범이건 모두 '인간'에 속한다. 인간에 대한 이들 부족의 정의는 '어리석은 자'라는 의미다. 사람이 어리석은 것은 생각을 하기 때문이고, 그건 개도 마찬가지다. 개가 생각을 한다는 증거로 개가 표범을 사냥감으로 착각해서 덤볐다가 낭패를 보는 경우를 들고 있다. 실수는, 생각을 한다는 증거다.

그 부족의 사고방식은 결국 사람이나 동물이나 모두 실수투성이 삶을 살아가는 어리석은 존재라는 것이다. 만약 인간을 진선미, 지덕체를 지향하는 결함 없는 생명체라고 규정한다면 사람이건 개건 표범이건 모두 아직 인간에 이르지 못한 동급의 동물일 것이다. 우리 현대인은 잊고 있는 단순한 진리를 숲의 원주민은 알고 있다.

동물권 단체들의 활동을 조롱하는 고정 레퍼토리가 있다. '인간이 어떻게 동물을 대변할 수 있단 말인가? 동물이 아니면서 동물의 입장과 감정을 어떻게 안다고 그 권리를 말할 수 있는가?'라는 질문이다. 하지만 우리가 동물을 왜 모른다고 생각할까? 우리 자신이 동물인데 말이다. '나'는 동물을 대변하는 게 아니라 같은 동물로서 혹은 동물이기에 동물권을 주장할 수 있는 것이다.

사실 우리는 동물을 잘 알고 있다. 모른 척할 뿐이다. 혹은 동물이 아닌 척할 뿐이다. 나는 고양이와 함께 살면서 고양이

흉내를 내기도 하고, 고양이 앞에서 닭 흉내를 내기도 한다. 고양이도 사람 흉내를 낸다. 흉내를 낸다는 것은 행동의 외양만을 따라 하는 것을 의미하지 않는다. 그 행동의 소통적 맥락을 이해하고 있기 때문에 흉내를 낼 수 있는 것이다. 물론 이런 단편적인 흉내를 과장할 필요는 없다. 흉내는 우리가 동물이며, 동물과 통할 수 있으며, 감정과 생각을 나눌 수 있다는 것을 전제하는 최소한의 증거일 뿐이다.

우리는 상대적 관점에 대한 인정을 외국인, 다른 문화권의 사람들, 그리고 여성, 동성애자 등으로 확대해왔다. 이제는 같은 사안이라도 여자는, 장애인은, 동성애자는 다르게 느낄 수 있다는 것을 알게 되었다. 그러한 상대적 관점에 대한 인정을 동물에게까지 확대하지 않을 이유는 없다. 타자에 대한 인정이 소나 돼지, 고양이, 개 등에 미치지 않아야 할 이유가 없다. 말 그대로 타자는 '나'와 어떤 규약이나 규칙들을 공유하지 않는 존재를 말한다. 공동의 가치를 공유하지 않는 이방인과 같은 존재. 국가에는 외국인이 그런 존재고, 남성에겐 여성이 그런 존재고, 이성애자에겐 동성애자가 그런 존재다. 그리고 그 존재에 동물도 포함된다.

그러므로 더 이상 '사람이 우선이다'란 말은 하지 말자.

가족의 탄생

1판 1쇄 인쇄 2020년 10월 19일
1판 1쇄 발행 2020년 10월 26일

지은이 김은선

펴낸이 정기영
편집 정규영
디자인 황중선
일러스트 CHANGA
교정교열 최현미

펴낸 곳 모비딕북스
출판등록 2019년 1월 5일 제2020-000277호

주소 서울시 마포구 신촌로2길 19, Platform P 307
전화 070-4779-8822
이메일 jky@mobidickorea.com
홈페이지 www.mobidickorea.co.kr
페이스북 www.facebook.com/mobidicbook
인스타그램 mobidic_book
유튜브 mobidicbooks

한국어판 출판권 (주)모비딕커뮤니케이션

ⓒ 김은선, 2020

ISBN 979-11-966019-4-2

인쇄/조판 (주)예인미술
경기 파주시 문발로 459